KB004311

십대, 문학으로 세상을 마주하다

# 십대,
# 문학으로
# 세—상을
# 마주하다

김태리
신윤정
전지혜
정은해
지음

× × ×

올바른 가치관을 심어주는
청소년 소설 읽기

초록비책공방

폰팅, 롤러스케이트장, 서태지와 아이들…. 요즘 청소년에게는 낯선 단어이지만 1980~1990년대에는 꽤나 유행했던 청소년 문화입니다. 그때의 청소년들은 지금 한국 사회의 주역으로 자리 잡았습니다. 그리고 그들의 가정에는 또 다른 청소년들이 있습니다.

눈부신 경제 성장과 함께 성장해 부모가 된 이들은 내가 누리지 못한 것을 자녀에게는 아낌없이 주기 위해 투자하고 자녀의 더 나은 삶을 위한 일이라면 머뭇거림이 없는 세대입니다. 하지만 이런 부모 세대의 생각과 달리 2000년대 이후 등장한 청소년 세대는 기존 부모 세대와는 다른 가치 체계를 형성하고 있습니다. 이로 인해 세대 간 서로 다른 갈등을 표출하고 정체성에도 혼란을 주고 있습니다. 그래서 청소년 세대의 사회적 위치와 인식의 변화를 우리의 삶과 연결된 문학을 통해 알아보기로 했습니다.

2000년대 들어 출판계에서는 청소년 문학을 아동 문학과 구별하여 출간하기 시작했습니다. 또한 각종 청소년 문학상이 제정되면서 청소년 문학의 창작을 독려하는 분위기가 만들어지고

있습니다. 이런 분위기를 통해 청소년 문학 역시 아동 문학처럼 성인 문학과 구별되는 독자적인 영역을 만들어갈 것으로 기대하고 있습니다. 여기서는 청소년 문학에서 다루고 있는 주제 중 학교, 가족, 이웃 사회, 미래 사회에 대해 살펴보고자 합니다.

우선 '학교'를 배경으로 하는 작품에서는 청소년들의 학교생활 환경이 어떻게 달라지고 있는지를 살펴보고 선생님에 대한 시선과 친구들 사이에서 일어나는 갈등 양상의 변화, 청소년들의 관심사와 진로에 대한 고민을 알아봅니다.

둘째 '가족' 문제를 다루는 작품에서는 다양한 가족의 형태와 가족 질서의 변화가 청소년의 자아 형성에 끼치는 모습을 살펴보고 변화된 가족 구성원 간의 갈등 양상을 알아봅니다.

셋째 우리가 살고 있는 '사회'의 모습이 담긴 작품에서는 급변하는 사회와 사회 문제 속에서 공동체 윤리가 달라진 양상을 짚어보고 작품 속 청소년이 사회적 주체로 성장하는 모습을 살펴봅니다.

넷째 '미래 사회와 과학 기술'을 소재로 한 작품에서는 인간

을 둘러싼 환경의 변화와 과학 기술의 발달이 가져오는 문제를 청소년 문학이 어떻게 다루고 있는지 알아봅니다.

이 책은 2000년 이후 청소년 창작물을 주제별로 선정하여 변화된 가치관을 알아보고 세대 간 차이를 작품 속 담화와 담론을 통해 분석해보았습니다. 두 권의 책을 비교 분석한 후 자유 논제와 선택 논제로 구분해놓은 토론 활동과 독자들의 생각을 정리할 수 있는 논술 활동은 독서 동아리나 부모 독서 교육, 학교 온 책 읽기 활동에 활용할 수 있습니다. 마지막으로 정리되어 있는 참고 도서는 깊이 있는 책 읽기에 도움을 주어 사고의 확장과 문해력 향상에 도움이 될 것입니다.

이 책을 통해 청소년들이 어른과의 관계뿐만 아니라 친구들과의 관계에 대해서도 공감의 폭을 넓히고 사회 구조가 어떻게 변화되어가고 있는지 생각할 수 있기를 바랍니다.

# 차 례

# 2부. 가족, 사랑의 의미를 묻다

# 3부. 우리, 함께 세상을 바라보다

# 4부. 과학, 인간에게 질문하다

# 1부

## 학교,
## 달콤 쌉싸름함을
## 이야기하다

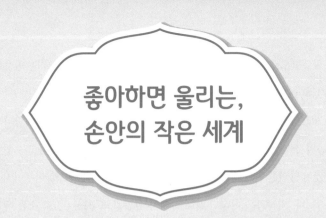

# 좋아하면 울리는,
# 손안의 작은 세계

이른 아침 눈을 뜨자마자 설레는 마음으로 침대 옆 스마트폰부터 집어
듭니다. 어젯밤 잠들기 전 자신이 올린 사진이나 글에 '좋아요' 수와 댓글
이 얼마나 달렸는지 확인하기 위해서지요. '좋아요' 수가 올라갈수록 기분
이 덩달아 좋아지고 사람들의 반응이 부족하면 왠지 기운이 쭉 빠집니다.

타인에게 인정받고 싶은 것은 인간의 기본적인 욕구입니다. 내 게시물
에 대해 긍정적인 반응이 쏟아지면 왠지 인정받은 것 같아서 기분이 좋아
지고 그럴수록 더 강력하게 사람들의 호의적인 반응을 갈망합니다. 중독은
나이와 성별을 가리지 않습니다. 특히 자존감이 낮은 십대들은 '좋아요' 수
와 조회 수가 바로 자신의 존재를 인정해주는 기준인 것처럼 느끼기도 하
고 올라간 숫자를 통해 자신의 가치를 확인하기도 합니다.

요즘 사람들은 인스타그램, 페이스북 등의 SNS에 자신의 일상을 공유하
며 살아갑니다. 그 내용 또한 여행과 문화생활, 기념일 같은 특별한 순간뿐
아니라 밥 먹고 공부하는 모습 등 지극히 개인적이고 평범한 일상의 모습
까지 올립니다. 이렇게 사람들은 SNS를 통해 자신의 생각이나 의견, 경험

을 공유함으로써 더 많은 사람과 관계를 맺고 싶어 합니다. SNS는 반응이 즉각적이며 다양한 만족감과 즐거움을 주기 때문이지요.

2021년 우리는 코로나19로 인해 인간의 기본적 욕구인 다른 사람과의 교류와 소통이라는 욕구를 빼앗겼습니다. 비대면으로 회의를 하고 수업하는 것이 당연한 일이 되어버렸고 사적인 소통 역시 비대면으로 이루어지고 있습니다. 가속화된 비대면 시대를 맞아 만남의 욕구는 커졌고 소통 욕구를 채우기 위해 사람들의 손가락은 더욱 바빠졌습니다. 그 중심에서 SNS는 큰 역할을 하고 있습니다.

소통과 교류의 부재 속에서 SNS는 인간의 사회적 속성인 소통하고 싶은 열망을 채워줄까요? 아니면 가상 현실 속에서 두꺼운 가면을 쓴 채 자신의 진짜 모습을 감추게 할까요?

《열흘간의 낯선 바람》의 송이든과 〈새로고침〉의 이방울의 모습을 통해 소통의 의미와 진정한 나의 모습을 찾아보려 합니다.

## '나'를 찾아 떠나는 여행

고등학교 1학년 송이든은 못생긴 외모 때문에 친구들이 '오크'라고 부릅니다. 하지만 SNS에서는 다릅니다. 셀카를 찍어 보정하여 올린 후 '초록 마녀'로 엄청난 인기를 끌고 있습니다. 인스타그램에서 스타가 되어 팔로워가 하루에도 수십 명씩 늘었고 '좋아요'가 수없이 달렸습니다. '좋아요' 수가 올라갈수록 우쭐해지며 인스타그램에서 존재감이 생기기도 했습니다. 이든은 자신과 연결된 사람이 셀 수 없이 많으며 혼자 있어도 혼자가 아니라 누군가와 연결되어 있다는 위로를 받습니다.

어느 날, 이든이 중학교 때 짝사랑했던 진경우가 그녀의 인스타그램에 댓글을 달았고 둘은 만나기로 약속을 합니다. 하지만 이든은 SNS와 다른 실제 자신의 외모 때문에 만남을 주저하고 좌절합니다.

《열흘간의 낯선 바람》 김선영 지음

경우와의 만남이 불발된 이후 무기력해진 이든은 인스타그램 속 보정한 자신의 사진을 보여주며 성형 수술을 하겠다고 엄마를 조르지만 엄마는 딸과 말도 하지 않은 채 반대의 뜻을 굽히지 않습니다. 그때 엄마와의 침묵을 깨는 사건이 일어나는데 그 사건은 바로 빛나의 자살입니다.

빛나는 초등학교 때까지 이든과 한동네에 살다가 이사를 갔는데 그 이후에도 계속 친하게 지낸 엄마들 덕분에 함께 시간을 보내곤 했습니다. 하지만 빛나는 점점 사람들 만나는 걸 싫어하면서 달라져 갔고 그런 빛나의 모습을 보며 이든은 당황합니다. 페이스북에서 만나는 빛나의 모습과 실제 모습이 너무 달랐기 때문이지요.

빛나가 허락하지도 않았는데 누군가 그녀의 전신사진을 올렸고, SNS와는 다른 빛나의 뚱뚱한 외모를 비하하는 댓글이 달렸습니다. 결국 빛나는 목을 매고 죽음을 선택했습니다.

SNS 중독 증세를 보이며 성형 수술을 하겠다고 떼를 쓰는 딸을 걱정하던 엄마는 빛나가 자살했다는 소식을 들은 후 이든에게 몽골 여행을 제안합니다. 하지만 엄마는 혼자 힘들어할 빛나 엄마 곁에 함께 있기로 결정하고 이든만 홀로 몽골 여행을 떠납니다.

그리고 이든은 처음 만난 우석 오빠, 허단, 핑크 할머니와 여행하는 동안 자신들의 이야기를 공유하기로 하며 낯선 관계를 시작합니다. 과연 이든은 SNS라는 작은 프레임에서 벗어날 수 있을까요?

## 진짜 '나'의 모습은 무엇일까?

《마구 눌러 새로고침》 중 〈새로고침〉 이선주 지음

인스타그램에서 사진을 보정해 예쁜 외모로 유명해진 열여덟 살 이방울은 인스타그램 속 자신의 모습인 빵야처럼 되어야겠다고 마음 먹고 성형하기 시작합니다. 인스타그램의 모습처럼 예뻐진 방울은 SNS 속 세상에서 최선을 다합니다. 댓글도 성의 있게 달고 자신이 알고 있는 정보를 공유하며 팔로워들과 소통하려 애씁니다. 현실 세계의 방울이 가상 세계의 빵야에게 피해를 주지 않도록 노력도 합니다.

방울은 욕을 할 때 누가 찍어서 인터넷에 올릴까 두려워하고, 학교에서 애들에게 친절하게 대하되 될 수 있는 대로 피하면서 혹시라도 사진이 찍힐까 봐 조심하지요. 또 게시물을 올리고 팔로워가 많아져서 광고가 들어와 돈을 벌게 된 것을 '창조 경제'라면서 인스타그램이야말로 중동의 석유 같은 것이라고 말합니다. 방울은 인스타그램 계정을 잘 키워서 공동 구매로 돈을 버는 꿈도 생길 만큼 자신의 삶을 열심히 살고 있다고 확신합니다.

하지만 방울은 성형하고 나서 예뻐진 모습을 또 다시 보정하고 인스타그램에 올립니다. 처음에는 성형하고 사진을 찍으니까 전에 올렸던 사진과 똑같아져서 더는 보정할 필요가 없다고 생각했습니다. 하지만 욕심은 끝이 없는 걸까요? 방울은 조금만 보정하면 더 예뻐질 수 있을 것 같은 유혹에 빠집니다. 그래서 아주 조금만 보정했더니 댓글 반응이 폭발적이었습니다.

그런 댓글 반응을 보고 인스타그램 속 빵야가 되고 싶은 마음에 방울은 또 성형외과를 찾아가지만 더는 수술을 할 수 없다는 의사들의 거부에 여러 병원을 전전합니다. 그러다 한 의사의 권유로 정신병원에 가게 되었고 정신과 의사 선생님에게 현실 속의 모습과 SNS 속의 모습을 보여주며 방울은 긴 독백을 시작합니다.

그녀는 현실 세계의 '이방울'로 존재할 때보다 온라인 세계에서 '빵야'로 지낼 때가 더 행복합니다. 그리고 누구나 행복할 자격이 있고 누구로 살고 싶은지 선택할 수 있다면 빵야로 살고 싶다고 고백합니다. 방울의 바람대로 SNS 속 빵야로 살아가는 것이 진짜 자신의 모습일까요? 그렇다면 방울은 자신을 사랑하며 행복한 삶을 누릴 수 있을까요?

# 어색함을 이기는 법

대부분의 사람은 외출 준비를 할 때 휴대 전화를 가장 먼저 챙깁니다. 깜박하고 집에 두고 오면 두 손이 허전하고 내내 불안해서 휴대 전화 없이는 잠시도 견디기가 어렵습니다. 낯선 사람과의 어색함을 견디기 위해 휴대 전화를 들여다보기도 하고 상대가 지루한 이야기를 하거나 듣고 싶지 않은 이야기를 할 때는 SNS를 하거나 인터넷을 하며 그 시간을 이겨냅니다. 이처럼 낯선 사람이나 상대하기 싫은 사람이 앞에 있을 때 휴대 전화는 최고의 무기이자 피난처입니다.

《열흘간의 낯선 바람》속 송이든도 혼자 떠난 몽골 여행에서 휴대 전화 없이 시간을 견디는 것이 힘듭니다. 처음 만나는 사람과 한 공간에 있는 것만으로도 스트레스를 받는데 이건 단지 이든만의 문제는 아니었습니다. 무릎이 맞닿을 정도로 비좁은 몽골 횡단 열차 안에서 이든, 허단, 우석 오빠, 핑크할머니는 11시간 이상을 함께 지내야 합니다. 처음에는 다들 눈길조차 주지 않고 각자 휴대 전화를 집어듭니다. 사진을 찍고 들여다보며 서먹한 분위기를 떨치기 위해 안간힘을 씁니다. 하지만 온라인으로 연결된 세계와 단절된 이상 오프라인 세계를 견디는 수밖에 달리 방도가 없습니다.

그때 우석 오빠의 제안으로 기차 속 멤버들은 '20일간의 낯선 사람'이라는 SNS 속 프로그램을 오프라인에서 하기로 했습니다. 하루에 하나씩 자기 이야기를 멤버들에게 하는 것이지요. 그리고 여행지에서 나눈 이야기는 기억 속에서 지워버리기로 약속합니다. 이들은 휴대 전화 없이 함께할 수 있는 것을 찾고 내 시간의 주체가 되고자 합니다. 휴대 전화를 손에서 내려놓는 순간 주변 사람들이 보이기 시작하고 나도 모르게 그들의 이야기에 귀 기울이게 될 것입니다.

과학의 발달로 다양한 방식의 의사소통이 가능해졌지만 사람들과의 대화가 줄어든 것은 사실입니다. 휴대 전화 덕분에 누구와도 쉽게 대화할 수 있을 것 같지만 실상은 아무와도 '진짜' 대화를 하지 못합니다. 휴대 전화를 조금만 멀리하면 처음에는 불편하고 힘들겠지만 결국 내 곁에 있는 사람에 집중하며 진정한 소통을 하게 될지도 모릅니다.

# 관계의 결핍

휴대 전화를 손에서 놓지 못하는 현대인들은 바쁘다는 핑계로 인터넷을 통한 가상 공간에서 사람들을 만나기 시작합니다. 시대의 변화에 민감하고 학업에 집중하느라 바쁘고 지친 청소년들도 마찬가지이죠.

그러면 청소년들이 SNS를 하는 이유는 무엇일까요? 아이들은 SNS에서 친구를 사귀고 일상을 공유하며 현실 세계에서 받지 못하는 인정을 받기도 하고 외로움을 극복합니다. 호기심이 충만한 나이에 남들은 어떨까 궁금하고 사회적 관계 속에서 공허함을 느끼며 대체재를 생각합니다.

《열흘간의 낯선 바람》의 이든은 사업 실패 후 초라해진 자신을 견딜 수 없어 떠나버린 아빠와 그런 아빠를 보내고 힘든 시간을 견디고 있는 엄마 사이에서 결국 혼자임을 깨닫습니다. 가족이 있어도 혼자인 것만 같은 이든에게 SNS가 외로움의 돌파구가 되었던 것처럼 가족의 지지가 약하고 다른 사람과의 관계가 소원한 경우에 더더욱 SNS에 빠지는 건 아닐까요?

이든이 중2 때 있었던 일입니다. 말끝마다 '못생겨가지고'라고 말하는 선생님이 있었는데 친구 다래에게 못생긴 게 왜 떠드느냐는 말에 이든이 다래 편을 들며 선생님께 대들었습니다. 결국 상담실로 불려가 반성문을 쓰게 되었지만 못생긴 사람한테 못생겼다고 말하는 것은 두 번 죽이는 일이라고 반성문에 썼

다가 찢겼습니다. 이 일로 인해 이든은 학교에서도 외로운 존재가 되었습니다.

이든은 못생긴 아이들 연대 대표라도 된 것처럼 투쟁했지만 같이 싸워주는 사람이 없었습니다. 다래는 신경 쓰고 싶지 않다며 학교에서 원하는 대로 반성문을 써서 제출했습니다. 이든에게는 외모 콤플렉스라는 다른 표현의 뒷말이 떠돌았고 선생님들 사이에서는 예의도 모르는 되바라진 아이가 되었습니다. 이든은 인생은 혼자 가는 것이고 어차피 혼자 감당하는 것이라고 결론 내려버립니다.

〈새로고침〉의 방울도 마찬가지입니다. 고등학교 진학 후 자취를 시작했고 따뜻한 가정의 온기 속에서 정서적 안정감을 얻지 못한 그녀는 위로와 공감의 손길이 그리워 SNS 세계를 찾습니다. 방울은 학교 끝나고 집에 가면 교복도 벗지 않고 인터넷만 합니다. 가끔은 지겹다는 생각도 들지만 뭔가를 놓치지 않았다는 안도감에 마음이 놓입니다. 아마도 그녀는 혼자가 아니라는 것을 확인하고 싶었나 봅니다.

또 현실에서 이루지 못하는 욕망을 SNS를 통해 해결하려는 사람들도 있습니다. 이든과 함께 몽골 여행을 했던 우석은 여자 친구를 사귀기 위해 무던히 노력했으나 모태 솔로였고 그런 자신이 한심했습니다. 그는 대안으로 SNS상에서 여자 친구를 사귀어보면 어떠냐는 친구의 제안을 받아들입니다. 거절당할 일이 없다는 점에 매력을 느껴 시작하지만 우석은 SNS 속 여자 친구에게 빠져듭니다.

그즈음 같은 과 후배가 우석에게 고백을 했지만 우석의 마음은 SNS의 그녀로 가득 차 있었습니다. 눈앞에 자기를 좋아하는 후배가 있지만 눈에 보이지 않았던 거지요. 그러고는 한 번도 만난 적 없는 SNS 속 그녀를 보고 싶은 열망에 사로잡힙니다.

SNS상의 만남은 시간과 비용을 들여 관리할 필요도 없고 마음에 들지 않으면 로그아웃해버리면 됩니다. 그러나 그런 만남은 쉽게 사귀고 쉽게 정리할 수 있는 인스턴트 만남일 뿐이고 깊고 성숙한 관계로 지속될 수는 없습니다. 진심이 눈에 보이지 않고 형체 없는 가상 세계에서의 만남은 혼돈을 줄 수 있고 관계의 한계를 실감하게 만듭니다.

우리는 넓은 세상 속에서 수많은 사람과 함께 살아갑니다. 휴대 전화에 더 많은 친구 목록을 가지고 있는 것이 경쟁처럼 되어버린 시대이지만 지금 당장 전화를 걸어 속마음을 털어놓을 수 있는 사람은 몇이나 될까 곰곰이 생각해봅니다.

## 작은 프레임 밖, 진짜 '나'를 찾기

우리는 과연 소소한 일상과 행복한 기억을 남기기 위해서 SNS를 하는 것일까요? 아니면 이 공간에서만이라도 행복한 척하기 위해 하는 것일까요? SNS는 진실을 알 수 없는 숨겨진 세계입니다. 못난 것보다 잘나고 행복한 것만 선택해서 올리는 왜 곡된 모습이며 포장된 나를 보여주는 것입니다. SNS가 우리의 인생과 다른 점은 '새로고침'처럼 편집이 가능하다는 것입니다.

SNS를 통해 자기표현의 욕구를 드러내다 보면 시각적인 겉모 습에 집중하게 됩니다. 하지만 SNS에 예쁜 얼굴을 올려 자기를 표현하고 인정받으려는 이들에게 화살을 겨눌 수는 없습니다. 예쁘고 멋진 사람을 원하는 우리 모두의 모습이기 때문입니다.

말끝마다 '못생겨가지고'를 입에 달고 살면서 자신의 잘못을 모르는 선생님, 무식하지만 예쁘다는 걸로 모든 게 해결되는 조 주희, 예쁜 여자를 사귀는 게 일생의 목표인 진경우. 이런 사람 들 속에서 이든이 외모에 집착하고 더 예뻐지면 좋겠다는 열망 이 투영된 SNS 속 자신의 모습에 빠져들었던 건 어쩌면 당연 해 보입니다.

하지만 자신이 보여주고 싶은 모습만 보여주는 관계를 통해 서는 진정한 감정의 교류를 느낄 수 없습니다. 겉으로 보기에는 소통이 잘 이루어지고 있고 관계를 통해 정서를 형성할 것이라 고 기대하지만 진정으로 사람을 사귀고 있다는 느낌을 받을 수 는 없기 때문이지요. 결국 SNS라는 가상 세계에서 벗어나 현실 세계로 돌아가는 길을 찾는 해답은 사람입니다.

이든이 다시 현실 세계로 돌아갔다면 〈새로고침〉의 방울은 여전히 가상 세계를 헤매고 있습니다. 이든이 현실 세계로 돌아 갈 수 있었던 것은 든든한 보디가드 현욱이 늘 손을 내밀고 있었기 때문입니다. 현욱은 이든의 보디가드라고 떠들고 다니지만 겁이 많아 유사시 이든의 등 뒤로 숨어버리는 겁쟁이입니다. 하지만 외롭고 힘든 이든을 지켜보며 일관성 있게 편을 들어준 진짜 보디가드입니다.

'못생겨가지고'라는 말을 달고 사는 선생님에게 대든 이후 이든은 못생긴 아이들 연대 대표라도 된 것처럼 투쟁했지만 친구들도 선생님도 그녀를 외면합니다. 모두 이든을 건드리면 안 될 벌집 같은 존재라고 여겼고 쓸데없는 것에 에너지를 쏟는다며 지나쳤지만 현욱은 달랐습니다. 혼자서 그렇게 맞짱 뜨려 하지 말라며 빌다시피 이든에게 사정했고, 그녀가 상담실에 불려가 나올 때까지 묵묵히 기다려주며 이든의 공허한 마음을 채워줍니다.

엄마 또한 든든히 자리를 지키고 현실 세계로 가는 길을 열어주었습니다. 엄마는 이든이 몽골 여행을 통해 무엇을 보고 오는 게 아니라 '나'를 만나고 오길 기대합니다.

처음에는 낯선 사람들 속에서 휴대 전화 없이 감당하기 어려운 시간이었지만 그 시간은 밀도 깊은 시간이 되어 이든의 머릿속에 각인되었습니다. 핑크 할머니, 우석 오빠, 허단은 여행 중 각자의 이야기를 솔직하게 터놓고 내밀한 자기를 보여줍니다. 이든은 그 속에서 누구에게나 있음직한 상처를 느끼고 스스로를 돌아봅니다. 그리고 파도가 거세게 몰아쳤을 때 다시 일어서 견디는 것이 중요하다는 엄마의 말을 떠올립니다.

몽골 여행 이후 이든은 SNS 활동에 시들해졌습니다. 다른 사람 계정에 들어가도 구경 정도만 하고 보정은커녕 엽기 사진을 올리기도 합니다. 인스타그램에서 초록 마녀로 살면 살수록 자기 자신은 점점 줄어들고 그러다 보면 빛나처럼 자신을 잃어버릴 수 있다는 것을 깨달았습니다. 포장지를 거둬낸 모습을 바라보며 프레임 안에 있는 모습이 진짜가 아니라 프레임 밖이 진짜 세상이라는 것을 깨닫고, 프레임 안은 편집된 세상이니 더는 헷갈리지 말라는 메시지를 얻었습니다.

방울도 이든처럼 진짜 자신의 모습을 찾을 수 있을까요? 방울은 현실 속 나는 싫지만 SNS 속 나는 좋아합니다. 그렇다면 그녀는 나 자신을 좋아하는 걸까요? 방울이 이 질문에 스스로 답을 찾을 수 있도록 누군가가 그녀에게 따뜻한 손을 내밀어줄 거라고 기대합니다.

# 사고를 확장하는 토론 논술 활동

## 자유 논제 토론

● 《열흘간의 낯선 바람》에 나오는 우석은 가까운 사람에게는 관심이 없고 SNS 속 익명의 사람을 알고 싶어 하는 요즘 사람들의 모습을 비판합니다. 이유가 무엇인지 여러분의 생각을 말해봅시다.

●● 〈새로고침〉의 방울이 정신과 의사에게 진짜 '나'가 누구인지 모르겠으며 지금의 '나'는 너무 싫고, 인스타그램 속의 '나'는 좋은데 그러면 '나'를 싫어하는 건지 좋아하는 건지 모르겠다고 질문합니다. 방울의 질문에 답해봅시다.

## 선택 논제 토론

● 2000년대 이후 스마트폰의 보급과 통신 기술의 발달로 SNS 이용자가 증가하고 있습니다. SNS를 통한 소통이 현대인의 인간관계에 어떤 영향을 줄지 입장을 정해 토론해봅시다.

> 친밀한 인간관계 형성에 도움이 된다.
> 오히려 인간관계 형성에 걸림돌이 된다.

●● 요즘 청소년들은 외모에 관심이 많습니다. 그래서 외모를 가꾸기 위해 성형 수술을 원하는 아이들도 있습니다. 〈새로고침〉과 《열흘간의 낯선 바람》의 주인공인 방울과 이든도 그렇습니다. 청소년 시기에 미용을 위해 성형 수술을 하는 것에 대해 토론해봅시다. (청소년 : 청소년보호법에서 제시한 만 19세 미만인 사람)

> 성형 수술을 해도 된다.
> 성형 수술을 하면 안 된다.

## 논술

● 코로나19로 전 세계가 고통 받고 있습니다. 단계별 사회적 거리두기가 지속되면서 모임과 만남이 줄어들고 있습니다. 최근에 발표된 자료에 따르면 사회적 거리두기로 인해 SNS 이용량이 38퍼센트가 늘었다고 합니다.[1] 청소년들이 할 수 있는 바람직한 SNS 활용 방법을 제시해봅시다.

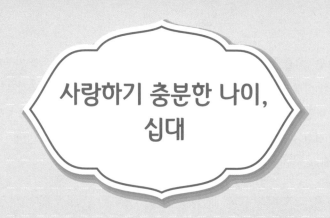

# 사랑하기 충분한 나이, 십대

《춘향전》은 우리나라 사람들이 가장 좋아하는 고전 소설 중 하나입니다. 아마도 사랑 이야기만큼 우리의 마음을 뒤흔드는 건 없기 때문이겠지요. TV 속 드라마도 여전히 재벌 2세와 가난한 여자 주인공의 사랑 이야기가 인기인 걸 보면 신분을 뛰어넘는 사랑과 변치 않는 사랑 이야기는 시대를 초월하여 모두에게 사랑받는 소재인 것 같습니다.

'둥둥 내 사랑~ 어화둥둥 내 사랑~ 사랑이로구나~'

〈사랑가〉를 불러가며 뜨겁게 사랑하고 이별하고 재회했던 이도령과 성춘향은 몇 살이었을까요? '이팔청춘(二八靑春)'이라는 말을 들어보았을 겁니다. 젊은 나이의 청춘을 뜻하는 말인데 나이로 따지자면 열여섯 살 전후를 말합니다. 현재 중학교 3학년인 열여섯 살의 나이에 파란만장한 사랑을 한 것을 보면 그 나이에는 뇌에서 도파민의 분비가 활발해지나 봅니다.

현재 중학교 3학년이 이도령과 성춘향 같은 사랑을 한다면 어른들은 아마도 손사래를 칠 겁니다. 학업 성적에 대한 걱정도 크지만 성(性)적인 것에 대한 걱정도 이만저만이 아니기 때문입니다.

사랑이 무엇이고 어떻게 하는지 물으면 대부분 남녀 간의 사랑, 곧 성적인 사랑을 먼저 떠올립니다. 특히 성에 대한 호기심이 강한 시기의 청소년들은 이성과 포옹하거나 키스 또는 성행위를 상상하기도 합니다. 아마도 전 생애를 거쳐 남녀 간의 성적 사랑에 가장 몰입하는 시기는 청소년기일 것입니다.

이성 교제와 성은 별개의 문제이지만 청소년들이 이성 교제나 사랑을 떠올릴 때 가장 먼저 성적인 사랑을 떠올린다는 점을 생각하며 두 문제를 함께 이야기하고자 합니다. 요즘 청소년들의 사랑은 어떨까요? 2009년에 출간된 《키싱 마이 라이프》와 2020년에 출간된 《곰의 부탁》 중 〈12시 5분 전〉을 비교해보며 10년이 흐른 지금 청소년들의 이성 교제와 성은 어떤 모습으로 변했는지 살펴보고자 합니다.

## 두근두근 선택의 순간

평범한 열일곱 살 하연은 자신의 꿈을 이루기 위해 공부도 열심히 하고 친구와 경쟁하며 치열한 시간을 보냅니다. 그리고 남자 친구인 채강과 그 나이에 할 수 있는 풋풋한 사랑을 합니다. 채강은 마음도 착한 것 같고 성격도 활달해서 같이 있으면 재미있고 끌려서 금방 친해졌습니다. 요즘 들어서는 하연이 채강을 더 좋아하는 것 같습니다. 문득문득 생각나고 보고 싶고 같이 있고 싶고 만나면 헤어지기 싫습니다.

어느 날 채강은 부모님과 형이 집에 없다며 하연에게 놀러 오라고 합니다. 채강이 사는 집은 어떤지 궁금해서 하연은 초대를 수락했습니다. 형이 여자 친구를 데려오면 폼 나게 와인 마시는 것을 본 채강은 하연에게 와인

《키싱 마이 라이프》 이옥수 지음

을 권합니다. 와인을 홀짝홀짝 마시던 둘은 갑자기 스킨십을 하게 되었고 이들의 사랑은 예상과 다른 방향으로 진행되며 아이들은 당황합니다.

하연은 충동적인 한 번의 성관계로 임신이 될 거라고는 전혀 생각하지 못했습니다. 하지만 이미 벌어진 일. 하연은 어쩌면 좋을까요? 하연은 자신들이 한 일이 정말 나쁜 일인지, 누가 나쁘다고 말했는지, 그렇다면 왜 자신들은 이 나쁜 일에 빠져들었는지 알 수 없어 답답하기만 합니다. 청소년인 하연과 채강이 사랑을 하고 성관계를 한 것은 정말 비난받아 마땅한 일인가요?

## 안전하게 사랑할 권리가 있나요?

은비에게 드디어 남자 친구가 생겼습니다. 은비를 좋아한다고 떠들고 다니는 남자애도 있었고 은비가 속으로 괜찮다고 생각한 남자애들도 몇 명 있었지만 먼저 고백하지 않았습니다. 여자가 먼저 고백하면 오래 못 간다는 말을 믿어서가 아니라 좋아하는 것 같기도 하고 아닌 것 같기도 한 그런 마음으로 고백을 할 수 없었기 때문이지요. 하지만 최영찬은 달랐습니다. 보자마자 숨 막히게 좋다는 표현이 딱 들어맞습니다. 그래서 은비가 먼저 영찬에게 사귀자고 고백합니다.

은비의 사촌 언니 이수연은 오늘 수술을 하고 은비네에서 잘 생각입니다.

마침 수연의 고모인 은비 엄마가 대전으로 일
하러 가는 날이라는 말을 듣고 그날에 맞춰
수술 예약을 하고 친구들에게 조금씩 돈을 빌
렸습니다.

수술을 마치고 난 후 은비가 끓여주는
미역국을 먹으며 은비의 남자 친구 이야기
를 듣고 있습니다. 은비는 남자 친구가 자
신을 만질 때마다 기분이 이상하다며 허벅
지가 막 간질간질하고 어떻게 해야 할지 모

《곰의 부탁》 중 〈12시 5분 전〉
진형민 지음

르겠다고 솔직하게 털어놓습니다. 수연도 은비의 그 느낌을 압니다. 누군
가를 정말 좋아하면 그 사람을 보기만 해도 날아오르는 것 같습니다. 시작
은 언제나 더할 나위 없는 축복이지만 끝이 항상 좋을 수만은 없습니다.

수연은 임신 중절 수술을 하고 집으로 갈 수 없어 은비네로 온 것입니다.
은비의 이야기를 듣던 수연은 필요할 때 쓰라며 은비에게 콘돔을 쥐어줍니
다. 하지만 수연의 상황을 모르는 은비는 콘돔이 필요할 때를 상상하는 일
이 어색하고 민망해서 웃기만 합니다.

백일 기념일이 코앞에 닥치자 은비는 고민에 빠집니다. 평범한 선물 말
고 특별한 선물을 하고 싶어서 궁리 끝에 도시락을 싸기로 합니다. 둘은 백
일 기념일에 동물원으로 소풍을 갔고 영찬이 배고프다고 하자 은비는 정성
껏 싼 도시락을 꺼냈습니다. 영찬은 눈이 휘둥그레지며 허겁지겁 도시락을
먹어 치우고 은비는 야금야금 바나나 하나만 먹습니다. 어쩌면 오늘 첫 키
스를 할지도 모르니까요.

은비의 도시락 선물에 답하듯 영찬이 선물을 내밉니다. 상자 안에는 빨간 지갑이 들어있었고 은비는 이 지갑이 마음에 쏙 듭니다. 선물이 얼마나 마음에 드는지 보여주고 싶어 쓰던 지갑 안에 있는 것들을 꺼내 새 지갑으로 옮기기 시작합니다. 그때 안쪽에서 뭔가 툭 떨어집니다. 바로 사촌 언니 수연이 챙겨준 콘돔이었습니다. 그때부터 둘은 말이 없어졌고 잘 가라는 말도 없이 각자 집으로 돌아갑니다. 이 일로 은비는 영찬에게 헤어지자고 할 생각입니다. 여러분은 이렇게 황당한 이유로 헤어진 커플을 본 적이 있나요?

# 사랑을 위한, 내 몸 사용 안전설명서

평일 밤 10시 무렵 수업이 끝난 아이들이 학원에서 우르르 나옵니다. 교육열이 높은 우리나라 청소년들의 평범한 일상이지요. 이런 피곤한 상황에서도 교복을 예쁘게 차려입고 다정히 손을 잡고 가는 청소년 커플을 심심치 않게 볼 수 있습니다. 누가 보거나 말거나 세상 행복한 표정을 지으며 말이죠. 이런 모습을 보고 애들이 무슨 연애냐며 코웃음 치는 어른들도 있지만 그들에게 연애는 어쩌면 가장 중요한 일이고 큰 고민거리일 겁니다.

〈12시 5분 전〉의 은비와 영찬은 만난 지 얼마 되지 않아 금방 손을 잡았습니다. 은비가 손가락에 반창고를 붙이고 온 날, 영찬은 은비 손을 자기 입에 대고 호호 불고는 집에 갈 때까지 은비 손을 놓지 않았습니다. 자전거를 타러 갔을 때는 은비가 먼저 영찬의 허리에 손을 둘렀고 서로의 심장 소리를 느꼈습니다. 또 영찬이 은비에게 목걸이를 사주었을 때 둘은 기다렸다는 듯이 서로를 끌어안았고 백일 기념일에 은비는 첫 키스를 은근히 기다리고 있습니다.

은비의 사촌 언니 수연은 은비에게 콘돔을 줍니다. 나중에 필요할지도 모르니 가지고 다니라고 당부합니다. 하지만 은비는 영찬과 헤어진 후 콘돔을 버립니다. 자기 지갑에 왜 콘돔을 넣고 다니는지 길게 설명해야 하는 상황이 껄끄럽고 불편했기 때문입니다. 은비의 생각대로 청소년들이 콘돔을 가지고 다니는 것을 이해할 수 있는 어른은 물론 없거니와 또래들도 많지 않을 겁니다. 하지만 은비와 영찬처럼 이성 교제를 하는 청소년들에게 콘돔은 생각하는 것보다 훨씬 많이 필요할지도 모르겠습니다.

영찬은 은비의 지갑에서 떨어진 콘돔 때문에 은비와 헤어진 일이 계속 머릿속에서 떠나지 않습니다. 그날 너무 당황해서 아무 말도 못 한 건데 그런 자신의 모습이 너무 지질해보입니다. 그렇다고 은비의 지갑에서 콘돔이 나온 걸 보고 자연스럽게 웃을 수도 없었습니다. 여기가 미국도 아니고, 학생들끼리 그러면 안 되는 것 같다는 생각이 들기 때문이지요.

사실 영찬의 가방 안에도 콘돔이 있었습니다. 친구들과 이태원에 놀러갔을 때 콘돔 자판기를 발견하고 호기심에 하나 사서 가방에 넣어두었던 것입니다. 자판기에서 판매하는 건 분명 콘돔인데 '청소년 전용'이라고 쓰여있습니다.

실제로 성인은 사용할 수 없는 청소년 전용 콘돔 자판기들이 설치되어 있는데 100원만 넣으면 인체에 해로운 화학 물질을 사용하지 않은 콘돔 두 개가 나옵니다. 수익보다는 청소년에게 안전한 성관계를 교육하고 권장하자는 취지에서 만들어진 자판기입니다. 또 100원을 받는 것은 청소년들에게 '작은 책임감'이라도 주자는 뜻이라고 합니다.

2016년 청소년 유해 환경 접촉 실태 조사에 따르면 성관계를 맺고 있는 청소년 중 약 절반이 피임을 전혀 하지 않고, 그중 21.4퍼센트는 임신을 한 경험이 있으며, 9.1퍼센트는 성 질환에 걸린 경험이 있다고 응답할 정도로 청소년의 피임 실천율은 현저히 낮은 상태로 드러났습니다.[2]

영찬은 은비와의 일을 생각하다가 문득 자판기 앞에 쓰인 글귀가 떠올랐습니다.

'누구나 안전하게 사랑할 권리가 있습니다.'

과연 청소년들도 안전하게 사랑할 권리가 있을까요?


## '사랑'도 공부합시다

2018년 청소년 건강 행태 조사 통계[3]에 따르면 성관계 경험이 있다고 답한 청소년은 5.7퍼센트이며 첫 성경험 평균 나이는 13세입니다. 해마다 성관계를 경험한 비율은 증가하고 성관계

시작 평균 연령도 낮아지고 있습니다. 상황이 이런데 우리는 어떤 준비를 하고 있나요? 여전히 가정에서는 성에 관해 대화하는 것을 어색해하고 부담스러워합니다. 학교에서는 어떤가요? 뻔한 내용의 성교육을 매년 반복하고 있지는 않나 모르겠습니다.

임신이라는 예상치 못한 일을 겪고 있는 하연은 엄마에게 넌지시 남의 일처럼 말해봅니다. 엄마의 반응을 보며 임신 사실을 털어놓으려고 했습니다. 하지만 엄마는 계집애들이 문제라며 만약 딸들이 임신하면 같이 죽어버릴 거라고 하연을 한 번 더 단속합니다. 하연 엄마의 반응은 우리가 예상할 수 있는 반응일지도 모르겠습니다.

현규 엄마 역시 아들 현규가 여자 친구인 진아를 성추행했다는 사실에 딸 간수를 잘하라고 야단하며 남자애들과 어울려서 술 마시는 여학생 탓을 합니다. 청소년들이 성 주체성을 가지고 성장하기 위해서는 '여자니까, 남자니까'라는 생각보다는 서로 평등한 관계로 인식해야 합니다. 그러려면 먼저 여성과 남성의 성을 동등하게 보지 못하는 기성세대의 잘못된 생각부터 바로 잡아야 하지 않을까요?

성이라면 낯 뜨거워하고 숨기기만 하는 보수적인 사회 분위기 그리고 이미 벌어진 일에 대해서 비난과 탓하기에 여념 없는 어른들의 모습에 우리 아이들은 자꾸만 움츠립니다. 〈12시 5분 전〉의 수연은 임신 중절 수술을 하면서 부모님과 상의하지 않고 친구들에게 돈을 빌려 수술을 하고 수술한 후에도 집이 아니라

고모네로 향합니다. 《키싱 마이 라이프》의 하연 역시 임신 후 부모님께 도움을 청하지 못하고 가출해서 힘든 시간을 겪습니다.

성 지식의 부족과 이성 교제에 대한 사회의 부정적인 시각 때문에 어른에게 도움을 요청하지 못하는 하연과 수연 같은 청소년들이 지금 우리 주변에 많습니다.

원치 않는 임신을 막고 성병과 성폭력 등을 예방하려면 아이들이 정말 궁금해하는 것을 알려주고 구체적인 상황에 대한 교육이 필요합니다. 또한 청소년들은 이성 교제를 하면서 자신의 성적 관심과 욕구가 무엇인지 정확하게 알고 자기 자신을 위해 판단할 수 있어야 합니다.

성에 대해 제대로 공부를 하는 것은 내 몸을 사랑하고 건강을 지키는 중요한 일입니다. 성은 크면서 저절로 알게 되는 것이 아니라 국영수처럼 공부하는 것입니다. 청소년 여러분! 건강하고 솔직하게 그리고 당당하게 사랑합시다.


## 동전의 양면. 선택과 책임

'모든 국민은 인간으로서의 존엄과 가치를 가지며 행복을 추구할 권리를 가진다.'

헌법 제10조가 말해주듯 모든 인간은 행복을 추구할 권리를 가지며 그것을 근거로 성적 자기 결정권을 부여합니다. 성적 자기 결정권이란 자신의 의지나 판단에 따라 자율적이고 책임 있게 자신의 성적 행동을 결정하고 선택할 권리를 말합니다.[4]

여기에는 모든 사람이 자신이 원하지 않는 성적 행위를 거부하고 반대할 수 있는 권리도 포함합니다. 어른뿐 아니라 청소년도 단지 어리다는 이유만으로 충동적, 무비판적으로 성행동을 할 것이라고 일반화하지 않고 청소년의 개별적 특성과 욕구, 환경 등을 고려하여 성적 자기 결정권을 인정해야 한다는 주장이 있습니다. 《키싱 마이 라이프》의 아이들은 성적 자기 결정권을 가지고 행동했다고 볼 수 있을까요?

성적 자기 결정권은 자신과 타인의 인격을 존중하는 기본적인 권리이며 책임 있는 태도가 전제되어야 합니다. 그렇지 않으면 타인의 권리를 침해할 수 있으며 준비되지 않은 임신과 낙태 등의 문제를 가져올 수 있기 때문입니다. 하지만 성적 자기 결정권을 인정하고 책임을 묻기 전에 권리를 제대로 행사할 수 있는 능력을 갖추었는지 살펴보아야 합니다. 즉, 능력은 나이를 먹으면 자연스럽게 생기는 것이 아니므로 교육을 통해 능력을 키우는 것이 우선되어야 합니다.

하연과 채강은 부모님이 안 계시는 집에서 충동적으로 성관계를 갖습니다. 이성 교제를 하면서 자신의 성적 행동의 한계를 미리 정해두었다면 충동적인 성관계로 이어지지는 않았을 겁니다. '분위기에 휩쓸려서', '거절할 것이 두려워서', '성적 호기심 때문에'라는 수동적인 태도 대신 능동적으로 성적 자기 결정권을 가져야 합니다. 이성 교제의 설렘에만 빠져있지 말고 자신이 책임질 수 있는 성적 행동이 무엇인지 생각해보길 바랍니다.

임신한 하연은 아기를 없애야 할지 낳아서 길러야 할지 판단이 서지 않습니다. 아기를 낳아서 키우려면 어떻게 해야 할지, 아기와 자신이 모두 살길은 어디에 있는지 도무지 알 수가 없습니다. 흔히들 우리 인생은 선택의 연속이라는 말을 합니다. 한 번 사는 인생에서 지혜로운 선택의 중요성은 아무리 강조해도 지나치지 않습니다. 소설 속에서 선택과 포기는 동전의 양면이라고 했지만 선택과 포기는 같은 의미일지도 모릅니다. 먼저 포기하지 못하면 선택하기 어렵겠지요.

〈12시 5분 전〉의 수연은 임신 중절 수술을 했습니다. 의사가 보험이 안 되는 영양제 링거를 맞겠느냐고 물어서 그러겠다고 했습니다. 영양제 값만 10만 원이 넘었지만 수연은 자기 자신에게 사과하는 마음으로 그 돈을 지불했습니다. 그리고 저녁으로 김치찌개를 먹자는 은비의 제안에 미역국을 끓여달라고 부탁합니다. 왜냐하면 임신 중절 수술을 얕보면 안 된다는 의사의 당부가 있었기 때문입니다.

청소년들은 성과 임신에 대해 무지한 탓에 자신이 임신했는지조차 모르는 경우가 많습니다. 적어도 12주 전에는 수술해야 하는데 임신 사실을 몰라서 시기를 놓치거나 임신 사실에 당황하고 무서워 부모님에게 사실을 털어놓지 못해 시기를 놓치는 경우도 많습니다. 임신 중단 시기를 놓치지 않고 수술을 한다

해도 몸과 마음의 건강을 해치는 것은 피할 수 없는 일입니다.

《키싱 마이 라이프》의 하연은 평범한 열일곱 여고생의 삶을 포기하고 아기를 선택합니다. 초음파로 마주한 뱃속 아기의 모습을 보며 한 생명을 느꼈기 때문입니다. 그리고 '모성애는 자식에 대한 본능적인 사랑'이라는 도덕 선생님의 말씀을 듣고 배를 쓰다듬으며 자신에게도 모성애라는 것이 있는지 생각해봅니다.

산부인과 의사 또한 하연에게 낙태의 위험성을 경고하며 아기를 낳을 것을 고민해보라고 조언합니다. 무조건 수술만 하면 되는 줄 알지만 어린 학생들은 몸이 덜 자랐기 때문에 자궁을 무리하게 열다가 대수술을 하게 될 수도 있고 잘못하면 불임이 되어 앞으로 아기를 낳지 못할 수도 있다고 말입니다. 그리고 낙태하면 평생 죄책감에 시달릴 수도 있어 살아가는 내내 마음에 짐을 지고 살 수 있다고 덧붙입니다.

'내 인생은 나의 것' 누가 뭐래도 내 삶의 주인은 나 자신이라고 말합니다. 우리 모두에게는 내 몸에 대한 자기 결정권이 있습니다. 임신 중단을 선택한 수연의 선택도, 아기를 낳기로 한 하연의 선택도 존중받아야 합니다. 그러므로 어떤 선택이 옳은지 이분법적 사고로 접근해서는 안 됩니다. 다만, 결정을 하는 데 있어서 가장 먼저 고려해야 할 것은 바로 나 자신이라는 것입니다.

하지만 수연과 하연에게는 여전히 남겨진 숙제가 있습니다. 수연이 어쩌다가 임신을 했고 임신 중단을 선택하게 되었는지 자세히 알 수 없지만 분명 자신의 다친 몸과 마음을 돌봐야 할 것입니다. 수술의 후유증으로 고생할 수도 있고 한 생명을 없앴다는 죄책감에 괴로워할 수도 있습니다. 그리고 누구에게도 털어놓지 못하기 때문에 외로움과 고립감을 느낄 수도 있습니다.

하연의 경우 아직은 청소년이므로 자신이 낳은 아기를 온전히 자기 힘으로 책임질 수 없습니다. 결국 아기를 키우는 것도 입양을 보내는 것도 부모나 어른의 도움이 필요합니다. 요즘 청소년들이 신체적인 성숙은 빠를지 모르지만 사회적 독립은 늦어지는 것이 현실입니다. 이런 현실에서 청소년이 아기를 책임지는 일은 매우 어려운 일입니다. 동전의 양면과 같은 선택이지만 그 어떤 선택에도 책임이 뒤따른다는 것을 잊지 말아야 합니다.

하연은 아기를 낳는 순간 '노란 하늘'이 아닌 '높고 푸른 하늘'을 봅니다. 어린 나이에 엄마가 된 하연은 사회적 냉대와 멸시의 눈초리 때문에 힘든 시간을 겪어야 할지도 모릅니다. 어쩌면 수연과 하연이 둘 다 자신의 선택을 후회하며 시간을 되돌리고 싶어 할 수도 있습니다. 하지만 하연이 바라본 높고 푸른 하늘처럼 이들의 미래도 그러할 것이라고 기대해보면 어떨까요?

# 사고를 확장하는 토론 논술 활동

## 자유 논제 토론

● 　청소년들이 이성 교제를 할 때 스킨십은 어디까지 허용되어야 할까요? 구체적인 이유를 제시하며 자유롭게 토론해봅시다.

(예시 : 절대 스킨십을 허용해서는 안 된다, 키스와 포옹까지 가능하다 등)

●● 《키싱 마이 라이프》의 하연은 임신 사실을 친구들과 상의합니다. 만약 하연이 부모님이나 선생님과 상의했다면 이야기가 어떻게 전개되었을까요?

## 선택 논제 토론

● 　《키싱 마이 라이프》의 하연은 아기를 낳기로 결정합니다. 아직 학생인 하연이 학교에 다니며 공부할 수 있을까요? 학생 미혼모의 학습권 보장에 대해 근거를 들어 토론해봅시다.

> 학습권을 보장해야 한다.
> 학습권을 보장하지 않아야 한다.

●● 　서울시의 인권 정책 기본 계획(2018-2022) 초안에 청소년에게 콘돔을 지급하는 방안이 포함된 것으로 알려졌습니다. 이에 따르면 서울시는 학교와 보건소 등에 청소년을 위한 콘돔을 비치할 예정이며 공공 기관에 청소년용 콘돔 자판기도 운영할 계획이라고 합니다. 교육 현장에서는 청소년에게 콘돔을 지급하기로 한 결정에 대해 반응이 엇갈리고 있습니다. 청소년을 위한 콘돔 비치와 콘돔 자판기 설치 운영에 대한 여러분의 의견은 어떠한가요? 입장을 정해 토론해봅시다.

> 찬성한다.
>
> 반대한다.

## 논술

● 　한국 성교육 실태 및 인식 조사(2020.9.21.~10.1)에 따르면 중고등학생의 성교육 불만 이유로 웬만하면 다 아는 이야기이며 이론적이라는 의견과 함께 '만지지 마세요' 교육은 형식적이어서 도움이 안 된다는 의견도 있었습니다. 또한, 실질적으로 도움이 되는 성 정보 출처로 '매체'를 꼽는 비율이 53.2퍼센트를 차지했습니다.[5] 여러분이 학교에서 받은 성교육의 내용을 떠올려보고, 아쉬운 점과 보완되어야 할 점을 찾아 논술해봅시다.

## 지금 꿈꾸고 있나요?

얼마 전 TV에서 지오디의 〈길〉이라는 노래를 들으며 눈물을 흘리는 출연자를 보았습니다. 그 사람은 과거 자신이 꿈을 이루기 위해 달려갔던 그 시간과 불확실한 미래 앞에서 버텨냈던 자신의 모습이 떠올라 눈물을 흘렸다고 말하더군요. 어쩌면 이 눈물은 꿈을 이루고 난 후 과거의 자신의 모습을 되돌아보며 잘했다고 스스로 토닥여주는 눈물이니 행복한 눈물일 겁니다. 현재 나의 길이 어딘지 몰라 헤매고 있거나 꿈이라는 것을 제대로 생각해본 적 없는 우리 청소년들은 그저 남의 일처럼 여길지도 모르겠습니다.

청소년들에게 꿈을 물어보면 직업을 먼저 떠올립니다. 그렇다면 요즘 청소년들의 희망 직업은 무엇일까요? 2020년 학생 희망 직업 조사 결과[6]에 따르면 1위부터 10위까지의 희망 직업 중에는 교사나 군인, 공무원 등의 안정적인 직업이 많았고 의사와 같은 고소득직, 운동선수와 셰프도 있었습니다. 요즘 같은 불확실한 시대에는 안정적인 직업을 선호하고 있다는 것을 알 수 있는 결과입니다. 혹은 TV에 자주 나오는 셰프나 운동선수 등을 보며 유명세에 현혹된 건 아닐까 하는 생각도 듭니다.

반면 꿈이 없다고 답한 중학생은 33.3퍼센트, 고등학생은 23.3퍼센트입니다. 생각보다 많은 아이가 꿈이 없다고 답했군요. 이런 친구들은 꿈을 향해 조금씩 나아가고 있는 친구들을 보며 자기만 낙오자라는 생각을 할지도 모르겠습니다.

여러분은 어떤가요? 소중한 지금 현재의 시간을 잊은 채 모래바람이 몰아치는 사막에서 길을 헤매고 있지는 않나요?

## 꿈을 향해 출발

재연과 재규는 어렸을 때 아버지를 여의고 작년 가을 교통사고로 엄마를 잃었습니다. 삼수생 재연은 재수 학원 근처 고시원에서 지내다가 엄마가 세상을 떠난 후 집으로 돌아옵니다. 재연은 대학 진학을 하지 않겠다고 결심하고 엄마가 운영하던 '행복식당'을 하겠다고 나섭니다. 고2 재규는 엄마의 권유로 7년 동안 미술을 하고 있지만 자신이 미술을 잘하는지 좋아하는지 잘 모르겠습니다.

《잘 먹고 있나요?》 김혜정 지음

'과연 내 직업이 될 수 있을지, 나에게 그만한 재능이 있는지…'

이런 재규에게 누나 재연은 미술을 그만두고 싶은데 엄마 때문에 못 그만둔 거 아니냐며 더는 엄마의 기대에 끌려다니지 말라고 합니다. 엄마는 공부하기 싫어하는 재연에게는 무조건 대학을 가라고 강요했고, 미술 대회에서 상 몇 번 받았다고 재규가 마치 유명 화가라도 될 것처럼 굴었습니다.

재규의 친구 준모는 부모의 반대에도 불구하고 자기가 하고 싶은 현대 무용을 위해 진지하게 노력하는 친구입니다. 평소에도 장난기가 많고 밝은 친구이지만 춤 이야기를 할 때는 평소보다 열 배는 더 신이 나 있습니다. 자신이 좋아하는 일을 정확히 알고 있고 또 그것을 한다는 것만큼 기쁜 일은 없을 겁니다. 재규는 이런 준모가 부럽기만 합니다.

재연의 친구 서진은 재수를 해서 서울대 철학과에 진학했습니다. 누구나 부러워하는 명문대에 진학했지만 서진은 대학 생활이 행복하지 않습니다. 철학과를 선택한 것도 서울대를 가기 위해 점수가 가장 낮은 학과를 선택했을 뿐 적성이나 흥미와는 전혀 관련이 없습니다. 고등학교 생활이나 대학 생활이나 별반 차이가 없고 왜 공부를 하는지 알지 못한 채 여전히 책을 붙잡고 지냅니다. 서진은 자신이 결정하여 행복식당을 다시 열겠다는 재연을 부러워합니다.

재연과 재규는 자신들의 진로에 대해 조언해주거나 잔소리 하는 부모님이 곁에 계시지 않습니다. 청소년들은 부모에게서 정서적으로 독립하려는 몸부림 속에서 서서히 성장합니다. 재연과 재규는 그런 투쟁 없이 독립하고 말았습니다. 이제는 서로를 믿고 의지하며 각자의 꿈을 향해 출발하려고 합니다. 이 아이들이 자신의 꿈을 찾고 행복의 종착역에 도착할 수 있을까요?

## '나'의 오아시스를 찾아서

바이올린 레슨을 마치고 돌아오면 수학 선생님이 기다리고 있고 수학과외가 끝나기도 전에 원어민 선생님이 수리를 기다립니다. 과외가 없는 날이면 엄마가 학교 앞으로 데리러 와서 친구들과 어울릴 틈도 없습니다. 교양은 그냥 얻어지는 게 아니라며 엄마는 수리를 미술관과 음악회에 끌고 다닙니다. 앞만 보고 달려야 하는 말처럼 엄마가 가리키는 방향으로 집중하는 것이 수리의 의무이고 책임입니다.

《나도 낙타가 있다》 문정옥 지음

　　수리 엄마의 모습은 '타이거맘', '알파맘', '헬리콥터맘'●에 해당합니다. 엄격하게 훈육하고 간섭하며 아이의 미래를 하나부터 열까지 정해놓고 그에 맞게 교육을 시킵니다. 그리고 헬리콥터처럼 아이 주변을 맴돌면서 온갖 일에 다 참견하지요. 이런 엄마 때문에 수리는 점점 자신을 잃어갑니다.

　　말 없는 공주, 공주 인형…. 학교에서 친구들은 수리를 이렇게 부릅니다. 반 친구들은 수리를 괴롭히거나 말도 걸지 않지만 전학 온 새나는 다릅니다. 어느 날 평소 수리를 괴롭히던 진아 패거리가 수리의 머리핀을 억지로 빼앗는 모습을 보고는 새나가 진아를 향해 수리를 괴롭히지 말라며 쏘아댑니다. 그 순간 수리는 정신이 바짝 났습니다. 그리고 새나가 곁에 있다는 사

---

● 타이거맘 : 아이의 일거수일투족을 간섭하면서 혹독하게 훈육하는 엄마
　알파맘 : 아이의 재능을 발굴해서 탄탄한 정보력으로 체계적인 학습을 시키는 유형의 엄마
　헬리콥터맘 : 헬리콥터처럼 아이 주변을 맴돌면서 온갖 일에 다 참견하는 엄마
　- 출처 : 네이버지식백과

실에 큰 위안을 받습니다.

이제 수리는 조금씩 용기를 내어 원하는 일을 해보기로 합니다. 학교에서 조별 발표 연습이 있다는 핑계를 대고 새나와 함께 생태 습지 탐방을 합니다. 그리고 우거진 버드나무 밑에 파놓은 작은 구멍들 사이에 집게발을 쳐든 채 꼼짝하지 않는 말똥게를 보며 부끄러움을 느낍니다. 하찮게 보이는 말똥게도 거대한 인간에게 팔을 들어 저항하는데 수리는 자신을 위협하는 것들과 맞서본 적이 없었기 때문입니다.

이날 이후 수리는 더는 무기력한 공주 인형이 아니라 갑옷으로 무장하고 당당히 전장으로 나서는 용기 있는 공주가 되기로 결심하고 진아 패거리에게 맞서며 자신을 방어합니다. 그리고 용기 내어 '날아볼까'라는 지역 동아리 카페에 가입하고 자신이 좋아하는 것을 표현하는 법을 하나씩 배워 나갑니다. 하지만 엄마와의 갈등은 더해만 갑니다. 학교에서 나쁜 아이들의 꼬임에 넘어가 안 하던 짓을 한다고 생각한 엄마는 영국 유학을 준비합니다. 더 나은 환경을 만들어주고 싶어 하는 엄마를 향해 수리는 그 길은 내가 꿈꾸는 길이 아니라며 버티는 중입니다.

자기 몸뚱이보다 더 큰 짐을 등에 지고 볼 수도 들을 수도 혼자서는 걸을 수도 없는 병든 공주 인형인 수리가 용기 내어 한 발씩 내딛습니다. 자신을 오아시스로 안내할 낙타가 천천히 수리의 마음속으로 걸어 들어와 거친 사막도 두려워하지 말라고 용기를 주었기 때문에 힘을 낼 수 있었습니다.

# '나'를 먼저 찾기

"넌 꿈이 뭐니?"

"난 아직 꿈이…."

꿈이 없다고 대답하지만 당장 할 일이 많아서 꿈꿀 시간이 없는 건 아닐까요? 학교 끝나면 학원 가고 숙제하고 빡빡하게 짜인 스케줄 속에서 내 인생에 대해 충분히 생각할 시간은 없습니다. 때로는 부모님이 결정하고 이끄는 것이 옳다고 생각하며 의심할 여지 없이 따르는 건지도 모르겠습니다. 내가 아닌 남들이 인정하는 좋은 직업을 가지고 안정적으로 사는 것이 최고라고 생각하면서요.

《잘 먹고 있나요?》의 서진은 서울대 철학과에 다니는 학생입니다. 철학과는 서울대에 가기 위한 어쩔 수 없는 선택이었다고 합니다. 서진네 집안은 부모님, 형제, 친척까지 거의 다 서울대를 나와서 비서울대는 한심하다는 취급까지 받기 때문이지요. 이런 상황에서 서진은 자신의 적성을 무시하고 성적에 맞춰 대학과 학과를 선택한 것입니다. 이러니 대학 생활도 수업도 재미없는 건 당연한 일입니다.

《나도 낙타가 있다》의 주인공 수리 역시 엄마가 짜준 스케줄대로 움직이면서 무기력한 상태에 빠져있습니다. 한 번도 자기가 하고 싶은 일이 무엇인지 생각해본 적 없고 널 위한 일이라는 엄마의 말에 따라 자신의 인생을 온전히 맡긴 채 살고 있습니다.

이 둘은 닮은 점이 많아 보입니다. 만약 수리가 엄마 말에 따라 대학을 진학했다면 서진과 같은 모습일 겁니다. 서진은 서울대를 가야 한다는 목표를 가지고 있었지만 정작 서울대에 가서는 행복하지 않았습니다. 재수를 해서라도 서울대에 진학하겠다는 목표를 이루었는데 왜 행복하지 않은 걸까요? 이 선택이 진정 자신을 위한 것인지 아니면 다른 사람에게 보여주기 위한 것인지 생각하지 않았기 때문입니다.

서진은 시키는 것만 할 줄 아는 자신의 모범생 기질이 정말 싫지만 그렇다고 대학을 쉽게 그만둘 자신은 없습니다. 아직도 자신이 진짜 하고 싶은 것이 무엇인지 몰라 졸업이 두렵기만 합니다. 학교에 있으면 최소한 누가 시키는 대로 하면 되는데 졸업하면 그걸 알려줄 사람이 없기 때문이지요. 그래서 가끔 자신과 똑같이 생긴, 모범생이 아닌 아이가 살고 있다면 좋겠다

고 생각합니다.《왕자와 거지》에서처럼 서로 잠깐 바꿔 살면 좋
겠다는 상상을 하면서 잠시나마 내가 살지 못하는 다른 인생을
꿈꿔봅니다.

서진이 상상만 한다면 수리는 용기 내어 행동합니다. 실패를
두려워하고 결과에 대한 책임을 회피하고 싶은 욕구가 있을 때
는 안전한 틀에서 벗어나려는 용기를 갖기 힘듭니다. 갑자기 부
모의 보호에서 벗어나면 끝도 없는 모래가 펼쳐진 사막에 홀로
남겨진 것처럼 방향을 잃고 헤매게 될지도 모르니까요.

하지만 수리는 내 인생은 나의 것임을 깨닫고 자신의 삶을
설계하기 위해 용기를 냅니다. 그리고 내 꿈이 무엇인지 생각
하고 꿈을 찾기 전에 먼저 자신을 찾아야 한다고 생각합니다.
'나'를 찾아야 내가 어떤 일을 하고 싶은지도 알게 될 것이기
때문입니다.

청소년기에는 무엇보다 자신이 좋아하고 잘하는 것이 무엇
인지, 자신의 성격은 어떠한지, 어떠한 가치관에 따라 행동하는
지 성찰의 시간을 가져야 합니다. 정체성이 확립되지 못하면 살
면서 자기는 아무것도 아니라는 생각과 함께 자괴감에 빠질 수
있습니다. 그러면 자신의 모습을 찾기는 더 어려워질 것입니다.

나에게서 출발한 시선은 앞으로 살아가야 할 세상으로 이어
질 것입니다. 여러분의 사막에도 여러분을 오아시스로 이끌어
줄 낙타가 있습니다.

# 현실과 타협하기

《잘 먹고 있나요》의 재규는 미술을 그만두어야 할지 계속해야 할지 고민입니다. 미술에 특별한 재능이 있는지, 정말 미술을 좋아하는지 잘 모르겠습니다. 미술을 계속했던 이유 중 하나가 엄마를 기쁘게 해드리기 위해서였지만 엄마는 이제 재규 곁에 없습니다. 또 미술을 해서 먹고살 수 있을지도 걱정입니다.

이런 재규에게 담임 선생님은 충고합니다. 수학에서 배우는 원주율 3.141592653…의 끝없이 따라오는 숫자들처럼 세상에는 딱 부러지는 것도 없고 인생은 또 원래 애매한 것이라고 말입니다. 그래서 3.14 뒤를 딱 잘라내는 것처럼 인생도 결단력이 필요한 것이라고 말이지요.

인생은 선택의 연속이며 어떤 선택을 하느냐에 따라 인생이 달라진다고 합니다. 하지만 그것보다 중요한 것은 실패를 두려워해서 선택을 주저하면 안 된다는 것이고 그 선택은 결국 나 스스로 해야 한다는 것입니다.

지금 재규에게는 결정을 내려줄 엄마가 없습니다. 엄마가 살아있을 때는 엄마 때문에 미술을 계속하고 있다는 핑계를 대며 자신의 꿈에 대한 선택을 주저했습니다.

하지만 이제 재규는 자신이 정말 좋아하는 것이 무엇이며 잘하는 것이 무엇인지 스스로 생각하고 결정해야 합니다. 내 인생은 나의 것이라는 것을 알고 결과도 책임도 스스로 지겠다는 용기를 가질 때 합리적인 선택을 할 수 있습니다. 만약 선택의 결과가 좋지 않더라도 실패의 과정 안에서 새로운 것을 배울 것이고 그 옆에 새로 생긴 샛길을 발견할지도 모릅니다.

선생님도 축구선수라는 꿈을 가지고 최선을 다해 노력했지만 실패를 받아들이고 새로운 꿈을 꾸었습니다. 그래서 비록 프로 선수는 안 되었지만 체육 교사로 만족하며 살고 있습니다.

재연 역시 마찬가지입니다. 공부하겠다는 핑계로 집을 떠나 재수 학원 옆 고시원에서 지냈지만 사실 그녀의 꿈은 가수였습니다. 고등학생 때 밴드 활동도 하고 가수가 되기 위해 오디션도 수없이 보며 자신의 꿈을 향해 노력했습니다. 하지만 여러 차례 오디션에 떨어진 후 가수의 꿈을 접습니다. 그리고 이제는 행복식당을 꾸리겠다는 새로운 꿈을 꿉니다.

행복식당을 운영하는 것은 재연의 선택이었고 재연은 자신의 선택에 책임을 지기 위해 최선을 다합니다. 맛집을 돌아다니며 새 메뉴 개발에 열중했고 비록 사기를 당했지만 식당을 홍보하기 위해 이리저리 뛰어다닙니다. 더군다나 좋은 조건을 제시하며 식당 자리를 임대하라는 제안을 받았으나 거절하고 자신의 새로운 꿈을 향해 차근차근 걸어갑니다.

지금까지 꿈을 이루기 위해 쏟아부은 노력과 시간과 열정에 미련이 생겨 새로운 꿈을 꾸지 못하는 건 아닌가요? 내가 어설프게 한 것이 아니라 해볼 만큼 도전을 했다면 그 기억은 고통이 아니라 추억으로 남을 겁니다.

인생은 타협하며 살아가는 거라는 선생님의 충고를 이렇게
바꿔서 말하고 싶습니다.

'인생은 무수한 실패에도 또 새로운 꿈을 꾸는 거야.'

## 행복이라는 꿈의 종착역

"너 공부 왜 하니?"

"좋은 대학 가려고요."

"좋은 대학 가서 뭐 하게?"

"좋은 직장 가려고요."

"좋은 직장은 가서 뭐 하려고?"

"돈 많이 벌고 잘 먹고 잘살려고요."

이 친구의 궁극적인 인생 목표는 '잘 먹고 잘사는 것'인가 보
네요. 요즘 많은 아이가 이런 생각을 하고 거침없이 대답합니
다. 불안한 미래를 바라보면 저절로 나오는 대답일지도 모르겠
습니다.

《잘 먹고 있나요?》의 재규 역시 미술을 계속 할지 말지 결정
하는 과정에서 미술을 해서 먹고살 수 있을지 걱정합니다. 물론
사람들은 먹고살기 위해 직업을 갖고 일을 열심히 합니다. 잘 먹
고사는 것도 꿈이 될 수 있고 직업을 가지고 일을 열심히 하는
것도 꿈이 될 수 있습니다. 하지만 자신의 꿈을 다 이루었는데

도 행복하지 않다면 그 꿈은 진정 본인이 원하는 것이 아닙니다.

재규가 모르는 사실이 있네요. 재규는 하고 싶은 일이 하나 있습니다. 돈을 벌어 암스테르담에 가는 거예요. 고흐 박물관에 가서 고흐에게 인사하고 또 돈을 벌면 전 세계에 흩어져있는 고흐의 작품을 하나씩 보러 다니는 것이 재규의 꿈입니다. 재규에게는 이런 멋진 꿈이 있었고 재규는 그림을 그리고 감상하는 이 시간이 무엇보다 행복하고 소중한 시간이었습니다. 재규는 그동안 엄마 탓을 하며 핑계를 대고 있었지만 미술을 그만두지 못하는 것은 엄마 때문이 아니라 자신이 그림 그리는 것을 좋아했기 때문이라는 사실을 뒤늦게나마 깨닫습니다.

그렇다면 나에게 진정한 행복을 주는 꿈을 이루려면 어떻게 해야 할까요? 현재 내가 하고 싶은 것과 잘하는 것을 찾았다면 그것에 집중해야겠지요. 어떤 어려움이 있더라도 말이죠.

재규의 친구 준모는 영화 〈빌리 엘리어트〉의 주인공 같습니다. 현대 무용을 하고 싶지만 아버지의 반대가 심합니다. 준모는 몰래 대회에 나가려다가 전날 아버지에게 들켰지만 춤추는 모습을 보면 아버지가 허락하실 거라고 생각했습니다. 그러나 현실은 달랐습니다. 준모는 대회 리허설이라고 생각하며 아버지 앞에서 춤을 춥니다. 멈추지 않고 끝까지 춤을 춰야 한다는 생각으로 춤을 추었지만 아버지는 그런 준모를 향해 의자를 던졌습니다. 왼쪽 다리에 부상을 입은 준모는 대회 출전을 포기해야 했습니다. 대회 출전을 포기하며 실망이 컸을 만도 한데 준모는 그 상황을 받아들이고 꿈을 포기하지 않고 마음을 다잡는 계기로 삼습니다. 자신이 행복할 수 있는 일이 무엇인지 분명히 알고 시련에도 흔들리지 않는 단단한 마음을 가지고 꿈을 향해 나아가는 준모의 모습이 믿음직해보입니다.

성적이나 주위의 기대에 따라 직업을 정한다면 돈이나 명예, 권력 등은 얻을 수는 있겠지요. 하지만 과연 진정한 행복을 느낄 수 있을까요? 결국 우리 꿈의 최종 목적지는 '행복'이어야 합니다. 직업이 꿈이 될 수 있지만 꿈의 궁극적인 목표는 될 수 없습니다. '행복'이라는 궁극적인 꿈을 이루려면 막연하고 불투명한 미래를 바라보는 것이 아니라 현재 나의 모습에 집중해야 합니다. 지금 행복하지 않은데 나중에 행복할 수 있을까요? 앞으로는 '미래에 뭐가 되고 싶니?'라고 묻는 대신 '지금 무엇을 할 때 가장 행복하니?'라고 스스로에게 물어보세요.

# 사고를 확장하는 토론 논술 활동

## 자유 논제 토론

● 《나도 낙타가 있다》에서 수리가 말하는 '오아시스', '낙타', '사막'은 은유적 의미로 사용되고 있습니다. 전체 내용과 연관 지어 어떤 의미로 쓰인 단어인지 이야기해봅시다.

●● 《잘 먹고 있나요?》의 재연은 행복한 요리를 만들고 싶다는 마음으로 닭죽을 끓여 동생 재규와 함께 먹습니다. 말없이 닭죽을 먹던 재규가 재연에게 반 고흐와 동생 테오 이야기를 합니다. 재규가 이 이야기를 누나에게 해주고 싶었던 이유에 대해 생각해봅시다.

## 선택 논제 토론

● 교육부는 현재 중1 과정을 자유학년제로 운영하고 있습니다. 1년 동안 시험을 보지 않고 토론과 실습 위주의 참여형 수업과 진로 탐색 교육을 받도록 하는 자유학년제가 진로 선택에 실질적으로 도움이 된다고 생각하나요?

> 도움이 된다.
>
> 도움이 되지 않는다.

●● 《잘 먹고 있나요?》의 재연의 엄마는 재연에게 대학을 나와야 성공한다며 대학 가기를 강요합니다. 대학을 나와야 성공할 확률이 높다는 말을 어떻게 생각하나요?

> 대학 나와야 성공하기 쉽다.
> 대학과 성공은 큰 상관이 없다.

## 논술

● 학부모와 자녀가 희망하는 진로가 달라 갈등이 생기는 경우가 종종 있습니다. 부모 자녀 간의 진로 갈등을 어떻게 극복해나가면 좋을지 논술해봅시다.

# 선생님의 무거운 어깨

　2021년 5월 초등학교 방과 후 수업 중 고학년 학생의 폭행으로 저학년 학생의 얼굴뼈가 부서지는 사건이 발생해 충격을 주었습니다. 또한 SNS 발달과 코로나19로 인한 비대면 수업의 확대로 온라인을 통한 집단 따돌림이 심각한 상황입니다. 학교 폭력 근절을 위해 모두가 노력을 기울이고 있지만 학교 폭력은 여전히 심각한 사회문제입니다. 학교 폭력을 경험하는 나이가 점차 어려지고 그 방식이 집단 따돌림이나 언어폭력 등으로 양상이 바뀌면서 교사나 부모가 바로 눈치 채기 어려운 경우도 있습니다.

　매년 교육과학기술부에서는 학교 폭력 실태 조사[7]를 실시하는데 2019년 조사 결과를 살펴보면 피해 경험 해결에 도움이 되는 것으로 학교 선생님의 도움이 30.9퍼센트를 차지했습니다. 그리고 효과적인 예방 대책으로는 CCTV 설치(15.1퍼센트)보다 예방 및 대처 방법 교육(25퍼센트)을 꼽았습니다. 학교 폭력 피해 학생들은 선생님이 자신들을 보호해주는 학교 안 울타리가 되어주기를 바라고 있습니다. 또 교사와 학교에 의한 예방 대처 교육이 가장 필요하다고 생각합니다.

학교 폭력을 다루고 있는 청소년 소설이 많습니다. 이런 작품들은 폭력을 경험하지 못한 청소년들에게는 간접 경험을 통해 폭력에 대한 주의를 주고, 폭력을 경험한 청소년들에게는 마음을 쓰다듬어주는 위로의 역할을 합니다. 청소년들은 책을 읽으며 가해자와 피해자, 방관자의 마음이 되어 자신을 그 자리에 세워보기도 하고 폭력에서 자신을 지키는 방법을 찾기도 합니다.

학교 폭력을 다룬 작품 중에는 피해자와 가해자의 행동과 심리를 다룬 내용이 많습니다. 하지만 가해자 규명과 처벌에만 초점을 맞추는 것은 학교 폭력 문제를 해결하는 근본적인 방법이 될 수 없으며 학교 폭력 예방과 대처 방법에 대한 더 깊은 고민이 필요합니다. 학교 폭력을 옆에서 지켜보는 교사의 모습이 담긴 작품을 통해 학교 폭력 해결의 실마리를 찾아보고자 합니다.

## '제3의 인물'을 찾아서

화요일 아침, 박용기의 자리는 비어있었지만 쓸모없는 레고 블록 하나가 빠진 것처럼 아무렇지 않습니다. 용기는 점심시간이 끝나기 3분 전 편의점에 급하게 다녀오다가 교통사고를 당합니다. 급식도 다 챙겨 먹은 용기의 손에는 다섯 개의 빵 봉지가 들려있었죠. 용기의 사고는 단순한 교통사고일까요?

선생님은 일주일의 시간을 줄 테니 용기를 괴롭힌 세 명은 자발적으로 선생님에게 찾아오라고 합니다. 두 명은 오재열과 허치승이라는 것을 알고 있지만 나머지 한 명 때문에 아이들은 혼란에 빠집니다.

'제3의 인물'을 찾는 과정에서 아이들은 어떤 생각을 했을까요? 데면데면하게 굴긴 했지만 나쁜 관계는 아니었으니 내 이름을 말했을 리가 없다고 생각한 아이도 있고 용기가 빵을 사 오면 모두 조금씩 나눠 먹었으므로 잘못이 있다고 상기시켜준 아이도 있습니다. 그리고 세 명이 자수하지 않으면 집단 따돌림으로 규정하고 모두가 방과 후 집단 상담을 받아야 한다는 선생님의 말씀에

《용기 없는 일주일》정은숙 지음

곧 시험 기간인데 겨우 세 명 때문에 그런 꼴을 당해야 하느냐며 불만을 노골적으로 내비치는 아이도 있습니다. 하지만 선생님은 자기는 아닐 거라고 자신하지 말라면서 의외의 인물이 있어서 깜짝 놀랐다며 아이들을 긴장시킵니다.

용기가 사고 나기 직전 전화를 했을 때 못 본 척한 윤보미, 용기에게 숙제를 시킨 송지만, 학교 홈페이지에 제3의 인물로 지목된 반장 김재빈, 여학생들 톡방에서 비호감 1등으로 용기가 뽑혔다는 사실을 직접 전달한 조수진과 그 톡방에서 이야기를 나눈 여학생들. 과연 제3의 인물은 누구일까요?

## 내 마음속에 감추어진 괴물

키가 180센티미터가 넘는 임영섭은 《사바나에 사는 동물들》이라는 책에 푹 빠져있습니다. 그리고 자신을 사바나의 '기린'에 비유하며 처지를 비관합니다. 기린은 키가 커서 나무 꼭대기에 있는 이파리는 잘 뜯어 먹

《괴물, 한쪽 눈을 뜨다》 은이정
지음

지만 싸움은 못합니다. 게다가 목이 뻣뻣해서 그냥 서서는 입이 바닥에 닿지 않아 물을 마실 때 양쪽으로 다리를 쫙 벌리고 마시다가 실수로 넘어질 때도 많습니다. 영섭은 자신도 기린처럼 쓰러져 일어나지 못할까 봐 두렵고 넘어져 버둥거리고 있을 때 사자나 표범이 달려와 목을 물어뜯을까 봐 무섭습니다.

영섭에게 2학년 10반 교실은 정글이 아닌 사바나입니다. 정글은 풀과 나무가 있어 숨을 곳이 많지만 사바나는 허허벌판으로 숨을 곳이 없기 때문입니다.

정진과 하태석은 '하이에나'와 '악어' 같습니다. 정진은 하이에나처럼 집요하게 영섭을 괴롭히고, 악어 같은 태석은 멀찍이 떨어져서 하이에나가 물고 온 먹이를 조용히 먹기만 합니다. 담임 선생님은 뚱뚱하고 느려서 필요할 때 영섭을 도와줄 수 없는 '하마'이고, 반장 민태준을 이용해서 영섭에게 큰 문제가 일어나지 않게 하려 합니다. 원하지 않던 반장이 된 태준은 모범생이지만 반 아이들에게 무관심하고 아이들을 말리는 일에도 자신이 없습니다. 조언이라고 해봐야 맞서 싸울 힘이 없어 괴롭힘 당하는 영섭에게 스스로 해결하라고 말하거나 담임 선생님을 찾아가서 이르라는 충고가 전부입니다.

반장 태준뿐 아니라 반 아이들 누구도 영섭을 돕기 위해 선뜻 나서지 않습니다. 영섭의 주위에는 영양, 누, 임팔라 등 초식 동물 같은 친구들이 있어서 그 무리 가운데에 숨어있으면 하이에나 같은 정진이 더는 괴롭힐 수 없을 것 같은데 초식 동물 무리 속에 들어가 같이 어울릴 방법을 도무지 찾지 못합니다.

2학년 10반에 숨어있는 괴물은 누구일까요? 하이에나와 악어같이 친구를 괴롭히는 아이들만 괴물일까요? 어쩌면 내 안에도 서슬 퍼런 괴물이 자리 잡고 있을지도 모르겠습니다.

# 나를 돌아보는 시간

《용기 없는 일주일》의 반 아이들은 용기의 사고 이후 '제3의 인물'이 누구인지 혼란에 빠졌지만 사실 용기가 지목한 가해자는 세 명이 아니었습니다. 담임 선생님이 '제3의 인물'을 만든 것이지요. 담임 선생님의 행동은 어떤 결과를 가져왔을까요?

주어진 일주일의 시간 동안 아이들은 서로를 의심하기도 하고 회피하기도 하지만 결국 나와 우리를 바라봅니다. 표면적으로 드러나있는 가해자를 제외하고서라도 크거나 작게 용기와 연결되어 있는 자신을 발견하고는 아이들은 가슴이 뜨끔해집니다.

또한 피해자 용기의 마음도 헤아려보았겠지요. 학교 폭력을 대하는 가장 기본적인 자세는 피해자의 고통에 대한 이해가 우선입니다. 그리고 담임 선생님은 용기를 따돌린 반 아이들의 이기심을 지적하기도 합니다. 용기를 따돌리고 몰아붙여야만 나에게 손가락질이 돌아오지 않을 거라는 생각에 묵과한 건 아닌지 말입니다.

역사 수업 시간에 일제 강점기 친일파에 대해 이야기를 나눕니다. 역사 선생님은 친일파가 친일한 이유와 만약 우리가 그 시대에 살았다면 어땠을지 생각해보라고 합니다. 그리고 친일을 했던 어느 노시인의 고백을 들려줍니다.

'일본이 망할 줄 몰랐고, 100년은 갈 줄 알았다고….'

선생님은 이 말이 과연 통할 수 있는 변명인지 생각해보라며 승자의 편에 서는 것이 언제나 옳은 것인지 질문을 던집니다. 이런 승리 지상주의가 여전히 우리 사회를 망가뜨리고 있다면서 다수 편에 서면 안전하니까 한 명쯤 희생되어도 어쩔 수 없다는 생각에 왕따 문제를 묵인하는 것은 아니냐고 합니다. 선생님의 말씀에 아이들은 용기의 일을 떠올리며 고개를 푹 숙였고 볼펜으로 콕콕 찌르는 것처럼 가슴이 뜨끔거립니다.

평소 담임 선생님은 짙은 아이라인 때문에 '쿵푸 팬더'라는 별명으로 불리는데 어느날 자신이 짙은 아이라인을 하는 이유를 반 아이들에게 들려줍니다. 고등학교 때 자신뿐 아니라 여러 아이가 싫어했던 비호감 남학생이 있었는데 자신의 부주의로 화학 시간에 실험 사고가 났을 때 그 남학생이 구해주었던 일입니다. 담임 선생님 자신은 실험 조의 대표였고 실험할 때 방해가 된다는 이유로 비호감 남학생을 뒤쪽으로 보내버렸는데 사고가 난 순간 그 남학생이 자신을 끌어당겨서 눈가에 살짝 화상만 입었다고 합니다.

누군가를 배척하고 미워했던 경험을 떠올리며 또 그런 실수를 반복할까 두려워 성형 수술도 하지 않고 짙은 눈 화장으로 상처를 가리며 살고 있다는 뭉클한 고백을 듣고 아이들은 찌릿찌릿 정전기가 일어난 것처럼 마음이 따끔거리는 것을 느꼈습니다.

학교 폭력을 해결하기 위해 학생들의 잘못을 지적하고 벌을 주는 것이 교사가 가장 먼저 해야 할 일일까요? 그보다는 누구나 잘못 판단할 수 있다는 것을 말해주고 공감대를 형성하는 것이 우선이 아닐까 합니다. 나를 먼저 되돌아보고 우리라는 공감대를 형성하는 시간 속에서 아이들은 학교 폭력이라는 위기를 해결할 힘을 키울 것이라고 기대합니다.

## 폭력을 대하는 또 다른 폭력

사바나와 같은 교실 속에서 기린으로 살아가는 영섭은 같은 반 정진과 하태석에게 물건과 돈을 빼앗기고 괴롭힘을 당합니다. 담임 선생님은 보호 대상인 영섭을 지켜주려고 하지만 뜻대로 되지 않습니다. 무슨 일이 생기면 자기에게 말하거나 힘들면 반장에게 말하라고 하지만 영섭은 말하지 않습니다.

사실 영섭은 자신이 버둥거리다 넘어졌을 때 자신을 일으켜 줄 사람이 교실에는 없다고 생각합니다. 교무실에 있는 '하마' 담임 선생님도 너무 뚱뚱하고 느려서 필요할 때 자기에게 와주지 못한다고 생각합니다. 영섭에게 담임 선생님은 마음을 의지할 보호자가 아니었나 봅니다.

이런 담임 선생님이 영섭에게 폭력에 대응하는 법을 알려줍니다. 혹시 아이들이 때리면 한 대 세게 때리라고, 안 그러면 맞기만 하는 바보인 줄 안다고, 때릴 자신이 없으면 잡히는 대로 집어 던지라고 충고합니다. 영섭을 괴롭히는 놈들은 나쁜 놈들이니까 때려도 괜찮다면서요. 아무리 아이들에게 괴롭힘을 당하는 처지이지만 영섭은 그런 말을 하는 선생님을 이해할 수 없다는 듯 멀뚱멀뚱 바라보기만 합니다. 교실에서 일어나는 폭력 문제에 대해 보호자 역할을 해야 하는 교사가 할 수 있는 말이 폭력은 폭력으로 맞서라는 충고뿐이라는 것이 씁쓸합니다.

담임 선생님의 노력에도 불구하고 영섭은 계속해서 괴롭힘을 당하고 결국 크고 작은 폭력 사건이 발생합니다. 담임 선생님은 폭력 사건을 해결하는 과정에서 자신도 모르게 폭력을 행사하고 폭력적인 말을 내뱉는 자신의 모습을 애써 외면합니다. 반 친구를 장난으로 때렸다는 아이에게 팩우유로 정수리를 내리치며 그 기분을 느껴보라고 하면서요.

무수하게 정수리를 내리찍던 찰나 "나쁜 새끼야!"라는 소리와 함께 팩우유가 터져버리고 담임 선생님은 당혹감을 그대로 드러낸 채 허겁지겁 팩우유를 교탁 안으로 던져 숨깁니다. 그러면서 담임 선생님은 자신이 가지고 있는 권력을 이용하여 폭력을 근절하겠다며 자신이 이 교실에서 가장 강하다는 사실을 잊지 말라며 강조합니다.

학급 내에서 일어나는 아이들의 폭력을 멈추게 하기 위해 교사가 폭력적인 언행을 한다는 것은 섬뜩함을 자아냅니다. 이러한 모순된 교사의 체벌에서는 아이들이 자신의 행동을 고쳐야겠다고 반성하기 어려울 것입니다. 오히려 체벌은 학교의 폭력적인 문화를 강화하고 강한 자가 약한 자에게 폭력을 가할 수 있다는 그릇된 인식을 남길 수 있습니다. 또한 이런 교육 상황에서는 폭력의 악순환을 피할 수 없습니다. 어쩌면 피해자가 또 다른 가해자의 모습을 하고 괴물처럼 나타날지도 모르겠습니다.

담임 선생님 역시 자신의 모습이 부끄럽습니다. 십여 년의 교육 경력을 자랑하는 교사가 아이들 앞에서 하는 말이 고작 비꼬기와 겁주기인가 하는 생각에 스스로 한심함을 느낍니다. 사실 그는 신춘문예 당선으로 등단했고 팔리지 않는 시집이나마 한 권 낸 시인입니다. 하지만 아이들에게 이 사실이 알려지는 건 달가워하지 않습니다. 시인이란 모름지기 분위기 있는 멋스러운 사람일 텐데 아이들 앞에서 폭력을 행사하며 욕이나 하는 자신의 모습은 시인의 그것과는 거리가 멀기 때문입니다.

2011년 초·중등 교육법이 개정되면서 교사가 학생을 때리는 직접적 체벌은 금지되었습니다. 학교 체벌 금지법이 시행되면서 교사가 학교 폭력을 일삼는 아이들을 교육하는 것이 힘들고 교권이 무너졌다는 의견이 많습니다. 하지만 학교 폭력을 일삼는 아이들을 체벌로 변화시킬 수는 없습니다. 학생은 교육의 대상이지 통제의 대상이 아니기 때문입니다. 결국 체벌을 통해서는 제대로된 문제 해결을 할 수 없다는 것이지요. 민주적이고 성숙한 교육 문화를 만들기 위해서 체벌이 사라지는 것은 당연한 일이 아닐까요?

## 책임의 전가

담임 선생님은 영섭을 보호하기 위해 어느 것 하나 부족함 없는 모범적인 태준에게 반장 일을 떠맡기고 일이 해결되기를 기대합니다. 반장이 담임과 아이들을 연결하는 다리 역할을 해야 하며 못된 짓을 하는 아이에게 한마디만 해주라고 부탁합니다. 그 한마디가 얼마나 많은 용기가 있어야 할 수 있는 말인지 담임 선생님은 정작 몰랐던 걸까요?

물론 반장인 태준에게도 책임이 있습니다. 하지만 담임 선생님이 교실에서 일어나는 모든 폭력 문제는 모두가 책임지고 해결해야 하는 일이라는 것을 강조했다면 어땠을까요? 반장 태준을 비롯한 반 아이들 모두가 학교 폭력의 방관자임을 인식하고 방관자들이 방어자가 되도록 지도했더라면 하는 아쉬움이 남습니다.

이런 담임 선생님의 모습은 전상국의 《우상의 눈물》에서도 찾아볼 수 있습니다. 반에서 폭력을 일삼는 기표의 힘을 누르기 위해 야심 있고 지도력이 뛰어난 반장을 이용하는 담임 선생님이 나옵니다. 담임 선생님은 반을 위한다는 명목 아래 반에서 일어나는 일들을 하나도 빠짐없이 알려달라고 요구했고 진실이나 호의를 가장한 지능적인 폭력으로 기표를 무기력하게 만듭니다.

《우상의 눈물》속 담임 선생님이 반장을 이용해 학급의 폭력 문제를 해결하려고 한 것처럼 30년 후에 출간된 소설 《괴물, 한쪽 눈을 뜨다》속 담임 선생님도 여전히 반장을 조종하여 학급에서 일어나는 폭력 문제를 해결하려고 합니다.


## 부모와 학교의 역할

학교 폭력을 해결하기 위해서는 부모의 협력이 꼭 필요합니다. 하지만 학교 폭력이 발생해서 부모가 개입하는 순간 교사는 더 힘들어지기도 합니다. 부모가 현실을 부정하거나 아이를 탓하기도 하고 죄책감에 사로잡혀 아이들을 돕지 못하는 경우도 발생하기 때문이지요. 또 침착하게 문제를 해결하기보다는 화를 내서 일을 그르치는 경우도 있습니다.

《괴물, 한쪽 눈을 뜨다》에서 가해 학생 태석이 다른 반 아이를 때려 이를 부러뜨렸을 때 태석의 아빠는 말 한마디 없이 아들의 귀싸대기를 날리며 발길질을 해댔고 엄마는 뒤돌아 앉아 맥없이 눈물만 흘리고 있었습니다.

문제가 생겨 담임 선생님이 전화하면 태석의 엄마는 아빠한테 말해본다는 말로 결론을 내렸고 다음날 아이의 얼굴에는 시퍼런 멍이 생겼습니다. 이후 담임 선생님은 되도록 태석의 부모님에게 전화를 걸지 않았고 그에게 측은한 마음이 생겼습니다. 부모는 아이의 거울입니다. 태석이 학교 폭력의 가해자가 된 것을 탓하기 전에 먼저 어른들의 모습부터 돌아보아야 할 것입니다.

피해 학생인 영섭의 엄마도 아이의 상황을 모르기는 마찬가지입니다. 담임 선생님이 상담 센터를 찾아가 영섭의 문제를 파악하고 해결하도록 유도했지만 영섭의 엄마는 담임 선생님의 제안을 인정할 수 없다는 듯 차갑게 말을 끊고 상담이 꼭 필요한지 모르겠다고 얼버무립니다. 아이가 처한 상황을 객관적으로 파악하지 않고 보고 싶은 것만 보는 영섭 엄마의 모습에 담임 선생님은 답답함을 느낍니다. 모두 함께 노력해도 해결하기 힘든 학교 폭력 문제에 또 다른 걸림돌은 부모들의 무책임한 태도입니다.

학교 폭력 문제는 교사의 생활 지도 영역에 해당하므로 교사가 더욱 분발하여 적극적으로 나서야 한다고 사람들은 말합니다. 하지만 교사들은 업무도 과중한데 학교 폭력 문제까지 발생하면 너무 큰 고충을 겪는다고 호소합니다. 게다가 요즘의 학교 폭력 양상은 곧바로 눈치 채기 어려운 교묘한 형태여서 일이 커지기 전에 손을 쓰기가 어렵고 가해 학생과 피해 학생 사이에서 중립을 지킬 수밖에 없어 어려움을 겪는다고 말합니다.

또 한 가지, 많은 학교에서 학교 폭력 예방 프로그램이 시행되고 있지만 과연 그 교육들이 형식적이지는 않은지 살펴보아야 하며 실효성을 높이기 위해 점검해야 할 시점입니다.

'학교 폭력 멈춰!'라는 프로그램은 학교 폭력을 저지르는 현장을 목격했을 때 외치도록 교육하는 구호입니다. 하지만 단순하게 생각해보더라도 이런 구호 한마디로 해결되는 문제였다면 애초에 학교 폭력이 심각한 사회문제가 되지는 않았겠지요. 이 프로그램은 학교 폭력의 구조적 문제와 심각성을 고려하지 않았다는 비판을 받고 있습니다. 학교 폭력을 예방하기 위해 탁상행정이 아닌 현실적인 대책이 강구되었으면 하는 바람입니다.

2019 학교 폭력 실태 조사 결과 학교 폭력 해결에 도움이 되는 것으로 교사의 도움을 꼽은 아이들이 30.9퍼센트를 차지했습니다. 이는 생각하기에 따라 많다고 생각할 수도 있고 적다고 생각할 수도 있는 수치입니다. 교사의 역할에 대해 얼마나 많은 기대가 있느냐에 따라 느끼는 정도는 달라지겠지요. 하지만 분명한 것은 학교 폭력에 시달리고 있는 아이들에게 교사는 든든한 보호자가 되어주어야 한다는 것입니다.

# 사고를 확장하는 토론 논술 활동

## 자유 논제 토론

● 《용기 없는 일주일》에서 허치승은 초등학생 때 박용기에게 괴롭힘 당한 것을 갚으려고 그를 괴롭힙니다. 자신이 당한 것을 되갚기 위해 폭력을 행하는 치승의 행동에 대해 어떻게 생각하는지 이유와 함께 말해봅시다.

●● 《괴물, 한쪽 눈을 뜨다》에는 피해자인 임영섭, 가해자인 정진과 하태석, 방관자인 반장 민태준, 보호자인 담임 선생님이 등장합니다. 이들은 모두 마음속에 괴물을 품고 살아갑니다. 이들 중 누가 가장 괴물 같다고 생각하나요? 왜 그렇게 생각하는지 자유롭게 이야기해봅시다.

## 선택 논제 토론

● 《용기 없는 일주일》에서 조수진은 비호감 투표 결과를 박용기에게 알려줍니다. 비호감 투표 결과 용기의 몰표였습니다. 이유는 '재수 없다', '못생겼다', '평생 허치승과 오재열 뒤치다꺼리나 할 것 같다' 등의 이유였습니다. 수진은 여학생들의 비호감을 바꿀 수 있을 거라는 생각에 투표 결과를 용기에게 바로 전송합니다. 여러분은 투표 결과를 알려준 수진의 행동에 공감하나요?

공감한다.

공감하지 못한다.

●● 《괴물, 한쪽 눈을 뜨다》에서 영섭은 자신과 같은 '초식 동물'인 아이들 무리에 섞여 '육식 동물'인 가해자의 괴롭힘에서 벗어나고 싶었습니다. 영섭처럼 괴롭힘을 당하는 피해자를 돕기 위해 방관자들이 학교에서 연대한다면 학교 폭력은 해결될 수 있을까요? 입장을 정해 토론해봅시다.

해결할 수 있다.

해결할 수 없다.

## 논술

● 《용기 없는 일주일》과《괴물, 한쪽 눈을 뜨다》에 나온 담임 선생님이 학교 폭력을 대하는 태도를 비교해보고 이를 해결하기 위한 학교와 교사의 바람직한 태도를 제시해봅시다.

# 2부

# 가족, 사랑의 의미를 묻다

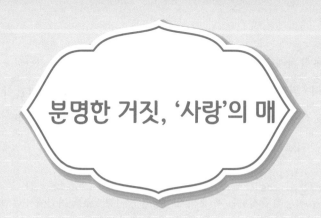

# 분명한 거짓, '사랑'의 매

　최근 연이어 터져 나온 아동 학대 사건은 우리 사회를 큰 충격에 빠뜨렸습니다. 그 잔혹성이 입에 담기 어려울 정도로 끔찍했기 때문입니다. 보건복지부의 아동 학대 연차 보고서에 따르면 2019년 기준 아동 학대 가해자 10명 중 8명은 부모입니다. 대중은 부모가 가해자라는 점과 수사 과정에서 드러나는 가혹한 학대 행각에 분노하며 가해 부모에 대한 강력한 처벌을 요구합니다. 정부도 재발 방지를 위해 제도 보완과 개선에 나서고 있지만 아동 학대는 줄어들지 않고 있습니다.

　우리 사회는 가해 부모나 친권자를 양육자로, 체벌을 '폭력'이 아닌 '사랑의 매'로 받아들이는 경향이 있습니다. 이는 민법 915조의 '자녀징계권'*이 훈육을 가장한 학대로 악용될 소지가 있음에도 불구하고, 시행 이후 60년

---

* '친권자는 그 자녀를 보호 또는 교양하기 위해 필요한 징계를 할 수 있고, 법원의 허가를 얻어 감화 또는 교정 기관에 위탁할 수 있다.' 1958년 제정되고 1960년 1월 1일 자로 시행된 민법 915조(징계권)에 규정된 내용이다. 2021년 1월 8일 징계권 조항의 삭제를 포함한 민법 일부 개정 법률안이 국회 본회의를 통과했다. - 출처 : 법무부 보도자료

넘게 한 차례도 개정되지 않은 채 아동 학대 사건에 대한 법적 판단의 근거로 적용되었다는 사실을 통해서도 드러납니다. 법무부는 2021년 1월 이 조항을 삭제함으로써 사랑의 매도 폭력임을 분명히 규정했지만 법 조항 삭제가 곧 피해 아동에 대한 실질적 보호와 아동 학대 방지에 기여할 수 있을지는 지켜보아야 합니다.

두 작품에 등장하는 학대 피해 아동을 만나봄으로써 가정에서 은밀하게 행해지는 학대가 피해 아동에게 어떤 영향을 미치는지, 피해 아동을 위해 우리 사회가 해야 할 일이 무엇인지 생각해보고자 합니다. 관심을 기울인 만큼 친권자에 의한 아동 학대를 해결할 방안이나 제도적 지원을 고민하게 될 테니까요.

## 폭력은 또 다른 폭력을 낳고

《Welcome, 나의 불량파출소》
문부일 지음

행복파출소 소장의 모범경찰상 수상을 알리는 현수막에 소장과 경찰들을 조롱하는 볼펜 낙서가 적힙니다. 파출소를 여러 번 드나들면서 목격한 경찰들의 실체가 모범과는 거리가 멀다고 생각한 한철의 솜씨입니다.

슈퍼에서 저금통을 훔쳐 달아났던 일로 행복파출소에 또 끌려간 날, 아들을 끌어안고 울던 우민 엄마를 보며 한철은 돌아가신 엄마를 생각합니다. 자기도 부모님만 살아계셨더라면 도둑질을 들켜 파출소에 끌려올 일도, 이모부에게 손찌검을 당할 일도 없었을 테니까요.

이모부는 뜻대로 일이 풀리지 않거나 이모가 입바른 소리를 하면 불같이 화를 냅니다. 심지어 직장을 잃고 돈을 못 버는 것도 '맞을 짓'을 한 이모와 한철 때문이라며 손찌검을 합니다.

하지만 이모부의 폭력 사실을 아무에게도 털어놓을 수가 없습니다. 당장 자신을 내쫓고 이모와도 이혼할 거라는 이모부의 협박이 현실이 될까 봐 두려웠거든요. 행복파출소를 찾아가 도움을 구해볼까도 생각했지만 용기가 나지 않습니다. 이미 불량 청소년으로 낙인 찍힌 한철의 말을 믿어줄 것 같지 않았고, 대문 밖 사람들이 알고 있는 이모부는 '어려운 살림에 조카까지 거두는' 좋은 사람, 행복봉사대원을 자청해 일부러 동네 청소 봉사까지 하는 착한 사람이었기 때문입니다.

사실 전학 초기 한철은 만만하고 약한 아이로 찍혀 괴롭힘을 당하던 피해자였습니다. 하지만 이제는 한철이 가해자입니다. 피해자가 되지 않기 위해 선택한 폭력이었기에 한철은 일말의 죄책감도 느끼지 못했습니다. 책임을 전가하며 자신의 폭력을 정당화하던 이모부처럼 한철도 어느새 똑같은 합리화로 다른 아이들을 괴롭히고 있었던 겁니다.

폭력은 이모도 점점 폭력적인 사람으로 변화시켰습니다. 평소 집에 들어온 작은 벌레도 창문을 열어 살려 보내주던 이모였는데 이제는 사소한 일에도 화를 참지 못하는 사람이 되었고 기르던 개를 무자비하게 때리기까지 합니다.

어느 날 행복동의 공식 불량 학생이었던 한철에게 경찬 형이 말을 걸어옵니다. 경찬 형을 통해 한철은 행복파출소 사람들을 새로운 눈으로 봅니다. 우연히 알게 된 '행복한 가정 만들기 운동 본부'의 상담사도 이모부의 폭력에 대해 여러 가지 정보를 알려줍니다. 이모부의 폭력에 힘들어하던 한철과 이모를 향해 손을 내밀어준 사람들과 사회적으로 마련된 다양한 시스템이 부디 이들이 나아갈 방향을 알려주는 빛과 동력이 되기를 응원해 봅니다.

## 꽃으로도 때리지 말라고 했는데

《소년은 자란다》 이지현 지음

영우는 열네 살이지만 초등학교 5학년 때의 키 그대로입니다. 아직 2차 성징도 없고 체구도 또래들보다 왜소하기만 합니다. 발육이 멈춘 건 아버지의 폭력 때문입니다.

아버지는 자기 마음에 들지 않으면 갑자기 엄마를 때리기 시작합니다. 영우는 그런 아버지의 폭력에서 어머니를 지키려다 함께 맞기 시작했습니다. 때리는 이유가 그때그때 달랐기 때문에 엄마와 영우는 자신들이 뭘 잘못했는지 알지도 못한 채 맞았고 더 호되게 맞지 않으려면 숨을 죽이고 가만히 있어야 했습니다.

영우를 향한 아버지의 폭력 정도가 심해지고 때리는 횟수도 점점 잦아지자 엄마는 영우를 데리고 도망칩니다. 혹시라도 흔적을 남기면 들킬까 봐 차도 여러 번 갈아타고 휴대 전화도 버렸습니다. 서울로 피신한 두 사람은 인왕산 근처 박 영감 할아버지 집에서 월세살이를 시작합니다. 그런데 아버지의 폭력을 피해 도망친 이곳에는 또 다른 폭력이 영우를 기다리고 있었습니다. 동네 불량배들이 왜소한 체구의 영우를 표적으로 삼았던 것입니다. 마침 그곳을 지나가던 주인 할아버지가 영우를 구해줍니다. 그러고는 택견 기본 품새를 가르치기 시작합니다. 노인정에서 알게 된 김명순 할머니는 영우가 학교에 가지 못하는 사정을 듣고 지역아동센터를 연결해줍니다. 영우는 그곳에서 새 친구도 사귀고 검정고시를 준비하며 안정을 찾아갑니다.

하지만 평화로운 생활은 그리 길게 가지 못했습니다. 아버지가 영우와 엄마를 찾아낸 것입니다. 화가 난 아버지는 주인 할아버지가 옆에 계신데도 두 사람을 마구 때리기 시작합니다. 할아버지의 신고와 즉각 출동한 경찰 덕분에 영우와 엄마는 위기를 모면했지만 언제 나타날지 모르는 아버지를 피해 또다시 도망쳐야 했습니다. 얼마 뒤 두 사람은 뉴스에서 아버지에 관한 놀라운 소식을 듣습니다.

이제 영우와 엄마는 어떤 선택을 해야 할까요? 이번에도 아버지가 찾지 못할 먼 곳으로 도망쳐 꼭꼭 숨어 지내야 할까요? 아니면 집으로 돌아가 언젠가는 아버지의 때리는 습관이 고쳐질 거라고 믿으며 참고 기다려야 하는 걸까요?

영우와 엄마가 아버지의 폭력에서 벗어날 수 있는 좋은 방법을 찾기를 바랍니다. 경찰에 연행된 영우 아버지도 자신의 폭력이 자신과 가족들의 삶을 어떻게 변화시켰는지 진지하게 돌아보는 계기가 되면 좋겠습니다.

# 왜 때리는 걸까?

한국은 유엔 아동권리협약[*] 비준국으로 정부 차원에서 아동 학대를 방지하고 피해 아동을 지원하기 위해 다각적인 노력을 기울이고 있습니다. 하지만 아동 학대는 줄어들지 않고 학대의 양상과 가혹한 정도는 점점 더 심각해져만 갑니다. 학대의 원인을 알아야 피해를 줄일 효과적인 대책을 마련할 수 있을 텐데 아동 학대의 원인은 워낙 다층적이고 복합적이어서 한마디로 설명하기가 어렵습니다.

《Welcome, 나의 불량파출소》와 《소년은 자란다》를 대상으로

---

[*] 1989년 11월 유엔 총회에서 채택된 아동의 생존, 발달, 보호, 참여에 관한 기본 권리를 명시한 협약으로, 이 협약의 비준국은 매년 아동·청소년의 인권 실태를 파악하고 인권 진전 상황을 지속적으로 모니터링하여 그 결과를 유엔에 보고할 의무를 가진다.

그 원인을 파악해본다면 직장을 잃은 한철 이모부의 폭력은 사회적·경제적 고립감으로 인한 스트레스와 부부 갈등, 경제적 문제와 알코올 의존이 원인입니다. 은행원인 영우 아버지의 폭행 이유는 종잡을 수 없습니다. 그냥 그날 기분에 따라 행해지는 폭력이었으니까요. 이는 가해자의 성격적, 기질적 문제 또한 지속적이고 반복적인 폭력의 원인임을 보여줍니다.

## 쉽게 드러나기 힘든, 아동 학대

최근 어린이집이나 유치원에서 맞는 아이, 학교에서 폭행당하는 아이들의 소식이 자주 들려옵니다. CCTV 설치가 의무화된 어린이집뿐 아니라 안전사고와 폭력 예방의 명분으로 유치원과 학교에도 CCTV 설치가 확대되었기 때문입니다. 하지만 CCTV가 없는 가정에서 부모나 친권자에 의해 은밀하게 일어나는 아동 학대는 사망 사건으로 이어지지 않는 한 쉽게 드러나지 않습니다.

게다가 아직도 부모의 매질을 훈육으로 생각하는 사람이 많습니다. 그러니 옆집 아이에게 학대를 의심할 만한 정황이 목격된다고 하더라도 쉽게 개입하기 어렵습니다. 더구나 학대 가해자가 가난한 형편에 조카까지 키워주는 착한 사람으로 비쳐지는 한철의 이모부나 남들 보기 그럴듯한 직장인이자 상식을 갖춘 사람인 것처럼 행동하는 영우 아버지 같은 사람이라면 피해자 스스로 외부에 알리고 폭력 사실을 입증하지 않는 한 그들이 학대 가해자라는 사실을 이웃들이 눈치 채기란 쉽지 않을 것입니다.

## 아동 학대가 만든 그늘

아동 학대 가해 부모들이 생각하는 부모 역할은 아마도 '자식은 때려서라도 가르쳐야' 하는 거라고 생각하는지도 모르겠습니다. 당연히 '사랑의 매'는 '매(폭력)'이 아니라 '자식을 위하는 사랑'에 방점이 있는 것이라고 항변하겠지요. 하지만 맞는 아이의 입장에서의 사랑의 매는 가장 믿고 의지했던 사람에게서 당하는 무서운 폭력일 뿐입니다. 때리는 사람과 함께 산다는 것은 피해 아동을 예측할 수 없는 위험 상황에 지속적으로 노출시키는 것과 같습니다. 그러다 보니 공포에 질려 부모의 표정과 몸짓, 목소리의 변화를 살피느라 눈치만 보거나 영우나 한철처럼 차라리 빨리 끝나기만을 기다리며 점점 무기력해집니다.

《소년은 자란다》의 영우와 《Welcome, 나의 불량파출소》의 한철은 아버지와 이모부에게서 '맞을 짓을 해서 맞는 거'라는 말을 지속적으로 들었습니다. 이런 말은 두 아이의 자존감을 무참히 짓밟습니다. 무엇보다 심각한 것은 영우처럼 학대로 인한 정신적 충격이 아동의 호르몬 체계까지 교란시켜 성장을 멈추게 하거나 생리 기능에까지 영향을 미칠 수 있다는 사실입니다. 또

한철처럼 죄책감도 없이 악행과 폭력을 저지르게 한다는 것도
심각한 일입니다.


## 아동 학대, 왜 근절되지 않을까?


국가 통계 포털에 공개된 보건복지부의 아동 학대 피해 아동
현황에 따르면 2019년 발생한 아동 학대와 재학대 건수는 2015년
보다 세 배가 증가했습니다. 전문가들은 아동 학대 범죄가 근절
되지 않고 재학대로 이어지는 이유로 가해자에 대한 솜방망이
처벌을 지적합니다. 학대로 인한 상처가 피해 아동의 평생을 따
라다니며 고통을 주는 데도 가해자의 상당수는 집행 유예 판결
을 받고, 극히 소수만 실형을 받고 있습니다. 이런 현실에서 과
연 어떤 가해자가 자신의 학대 행위를 진심으로 반성하고 아이
를 때리지 않을까요?

현행법은 학대 피해 아동을 가정에서 분리해 보호할 경우에
도 신속히 가정으로 복귀할 수 있게 하는 '원가족 보호 원칙'
을 규정하고 있습니다. 이로 인해 대부분의 아동 학대가 부모에
의해 집에서 이루어지고 있는데도 피해 아동을 가해 부모로부
터 즉각적으로 분리시키지 않은 채 가해자가 있는 집으로 돌려
보내고 있어 반복적인 재학대의 위험에 노출되고 있습니다. 현
행 원가족 보호 원칙에 대한 면밀한 검토가 필요한 이유입니다.

# 폭력의 고리를 끊어내는 힘, 지속적 관심과 제도적 지원

세간을 떠들썩하게 하는 아동 학대 사건이 터질 때마다 참담한 마음으로 실효성 있는 아동 학대 방지 대책이 마련되기를 기대하지만 얼마 지나지 않아 또 다른 아동 학대 사건이 일어나고 있습니다. 정말로 아동 학대는 근절되기 어려운 일일까요?

《Welcome, 나의 불량파출소》와 《소년은 자란다》는 이웃으로서의 개인과 사회가 아동 학대에 대해 어떤 인식과 태도를 가져야 하는지를 말해주고 있습니다. 만약 영우 엄마가 아버지의 폭력에서 아들을 구하기 위해 서울로 도망치지 않았다면, 집주인 할아버지와 김명순 할머니의 도움이 없었다면 영우와 엄마는 아버지의 폭력에 맞서기 위해 결단하고 행동할 수 있었을까요? 또 행복경찰서 사람들이 한철을 문제아로 취급하며 한철의 몸 곳곳에 멍든 자국을 무심히 지나쳐버렸다면 어땠을까요? 따뜻한 시선으로 말을 건네준 경찬 형이 있었기에 한철은 자신의 행동을 돌아보기 시작했고, 행복한 가정 만들기 운동 본부나 심리 치유 프로그램, 쉼터, 직업 훈련 등의 사회 복지 시스템과 연결되었기 때문에 상습적으로 폭력을 행사하는 이모부에게 맞설 용기를 낼 수 있었습니다.

## 자유 논제 토론

● 　만약에 이웃집에서 어른의 큰소리와 아이의 울음소리가 자주 들린다거나 가끔 마주치는 아이의 행색이 계절에 맞지도 않게 초라하고 표정까지 어둡다면 여러분은 어떻게 행동할 것인지 이야기해봅시다.

●● 　지속적으로 일어나는 아동 학대 사건 가해자 80퍼센트가 친부모이지만 아동 복지법에 명시된 '원가족 보호 원칙'에 따라 학대 피해 아동들은 일정 기간 후 다시 집으로 돌아갑니다. 학대 피해 아동을 원가족으로 돌려보냈을 때의 긍정적 측면과 부정적 측면을 찾아보고 부정적 측면을 해소하려면 어떻게 해야 할지 이야기해봅시다.

> "국가와 지방자치단체는 아동이 태어난 가정에서 성장할 수 있도록 지원하고 아동이 태어난 가정에서 성장할 수 없을 때는 가정과 유사한 환경에서 성장할 수 있도록 조치하며 아동을 가정에서 분리하여 보호할 경우에는 신속히 가정으로 복귀할 수 있도록 지원하여야 한다."
>
> — 아동 복지법 제4조 제3항 '원가족 보호 원칙'

## 선택 논제 토론

●     경찬 형은 의경 선임인 욕쟁이에게 지속적인 괴롭힘과 폭력을 당해왔습니다. 한철은 형을 위해 괴롭힘 당하는 장면을 영상으로 찍어 형에게 전달합니다. 신고하기를 바라는 한철과 달리 경찬 형은 욕쟁이 형의 미래를 생각하며 신고를 망설입니다. 경찬 형이 어떤 선택을 해야 한다고 생각하는지 입장을 정해 토론해봅시다.

> 신고해야 한다.
>
> 신고하지 않아야 한다.

## 논술

●     최근 들어 지속적으로 발생하는 잔혹한 학대로 인한 아동 사망 사건 소식에 대중들은 학대 가해자를 처벌하기 위한 법적, 제도적 장치가 국민들의 법 감정을 따라가지 못하고 있기 때문에 아동 학대 범죄가 줄어들지 않는 것이라고 거세게 비판하고 있습니다. 이에 법무부는 친권자에 의한 사랑의 매도 분명한 폭력이라며 2021년 1월 민법에서의 '자녀징계권'을 삭제했습니다. 63년 만에 민법에서 삭제된 자녀징계권 폐지가 가진 사회적 의미가 무엇인지 분석하고 그 실효성을 높이기 위한 방안에 대해 논술해봅시다.

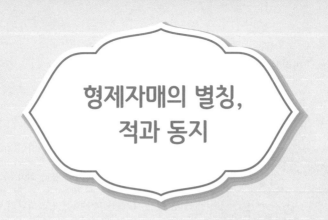

# 형제자매의 별칭,
# 적과 동지

어느 날 갑자기 세상에서 자기 혼자 누리던 모든 것을 누군가와 나눠야 하고 자기에게만 쏟아지던 사랑과 관심까지 빼앗아가는 존재가 나타난다면 어떤 기분이 들까요?

갑자기 등장한 동생을 바라보는 첫째들의 마음이 이렇지 않을까요? 동화《레기, 내 동생》의 주인공 리지가 첫아이의 이런 마음을 잘 보여줍니다. 동생이 태어나면서 갑자기 큰아이로 밀려(?)난 리지 입장에서 보면 단지 먼저 태어나서 언니일 뿐인데 동생 돌보는 것도 리지의 책임, 동생의 잘못도 리지 탓이란 듯 야단치는 엄마가 야속하고 그만큼 동생 레미가 밉기만 합니다. 리지에게 동생은 부모님의 사랑을 빼앗아가는 위협적인 존재이자 세상에서 가장 신경 쓰이는 경쟁자일 뿐입니다.

세상 모든 부모들은 자녀들이《의좋은 형제》에 나오는 형과 아우처럼 사이좋게 지내주기를 바랍니다. 하지만 엄마 아빠의 관심과 사랑을 두고 서로 경쟁할 수밖에 없는 형제자매들은 부모의 태도에 따라 우호적인 관계가 되기도 하고, 적대적인 관계가 되기도 합니다. 형제자매가 서로를 긍정적으로 바라보며 함께 성장해나가려면 어떤 것이 필요할까요?

## 똑같아도 따로따로, 슬기로운 쌍둥이 생활

《의자 뺏기》 박하령 지음

고등학생 지오와 은오는 쌍둥이입니다. 공부 욕심이 많은 지오는 조별로 해야 하는 수행 평가 과제를 혼자 하겠다고 하다가 반 아이들의 미움을 사고 승미네 모둠 수행 평가 보고서를 없애버린 범인으로까지 지목됩니다. 승미가 은오를 앞세워 지오를 몰아붙이려 하자 지오는 은오에게 증인이 되어달라고 신호를 보내지만 은오는 못 본 체합니다. 이 일로 둘은 친구들에게 "정말 쌍둥이 맞느냐?"라는 말까지 듣게 되지요.

사정은 이렇습니다. 일란성 쌍둥이 은오와 지오는 열두 살 터울로 엄마 뱃속에 찾아온 동생 때문에 서로 떨어져 자랍니다. 유산 경험이 있던 엄마가 언니 은오를 외할머니 댁에 맡긴 겁니다. 고작 1분 먼저 태어나 언니가 되었을 뿐인 은오에게 엄마는 말합니다.

"엄마 뱃속에 있는 동생의 건강을 위해 큰누나로서 양보해주리라 믿어. 까탈스러운 지오보다 천사처럼 착한 은오가 더 믿음직스러워."

엄마의 기대에 맞춰 착한 딸답게 "암 오케이.(I'm OK.)"를 해버린 그 순간을 은오가 두고두고 후회했다는 사실을 엄마는 상상이라도 했을까요?

은오는 자신의 운명을 결정지었던 '암 오케이'를 고등학생이 되어 지오와 함께 살게 된 지금도 계속합니다. 이렇게 참기만 하는 데는 은오 나름대로의 이유가 있습니다. '앞으로 밑지고 뒤로 남는다'는 말처럼 엄마 아빠의 선택을 받아 피겨 스케이팅까지 하면서 전폭적인 지원을 받았던 지오로 하여금 상대적으로 별다른 지원도 받지 못했던 자신에 대해 일종의 채무감 같은 것을 갖게 하고 그걸 차곡차곡 쌓아두었다가 언젠가 한방 크게 써먹을 계획이기 때문입니다.

하지만 어쩐지 운명은 늘 은오 편이 아닌 것만 같습니다. 재혼한 아빠와 돌아가신 엄마 대신 외할머니와 함께 쌍둥이 자매를 맡아 기르시던 외숙모가 은오를 바라보며 '어려워진 집안 형편 때문에 둘다 대학에 보낼 수 없을 것 같다'고 말씀하시는 것만 봐도 그렇습니다. 쌍둥이 자매는 어릴 적 외할머니 댁에 남겨질 사람을 뽑았던 것처럼 또다시 대학이라는 의자를 두고 치열한 뺏기 싸움을 해야 합니다. 외할머니와 외숙모는 이번에도 은오가 "암 오케이."를 해줄 거라고 생각하나 봅니다.

은오는 공부 못하는 자기가 또다시 금 밖으로 밀려날 것만 같아 화가 납니다. 속상한 마음에 집을 뛰쳐나가 무작정 부산행 기차에 올라탑니다. 객실 안 어린아이가 "엄마, 엄마~"라고 부르는 소리에 은오는 갑자기 울음이 터집니다. 어린 자신을 외할머니 댁에 떨어뜨려놓고 제대로 된 사과 한 번 없이 세상을 떠나버린 엄마에 대한 적개심을 아무렇지도 않은 척 했던 때가 떠올라 서러움이 복받쳐서입니다. 그럴수록 지오에 대한 미움이 솟구칩니다.

부산에서 우연히 만난 아줌마 덕분에 은오는 그분의 펜션에서 며칠을 머물게 됩니다. 그곳에서 아줌마의 지난 시절 이야기를 들으며 자신의 마음속에 이글거리는 지오와 엄마에 대한 분노의 뿌리를 들여다보게 됩니다.

은오의 가출은 가족들과의 관계, 특히 지오와의 관계를 달라지게 해줄까요? 부디 은오가 어린 시절, 혼자 버려졌던 기억 때문에 더 이상 아프지 않기를 바라봅니다.

## 가족의 구멍은 무엇으로 메우나

《#구멍》 은이결 지음

중3 여름 방학, 친구 기태를 꼬드겨 가출을 감행하다 걸린 이후로 우현은 형에게 '허점투성이 구멍'이라고 놀림을 당합니다. 원래 형은 어렸을 때부터 바쁜 엄마 대신이었고, 어떤 일이든 먼저 알아서 척척 해주던 해결사였습니다. 얼마 전까지도 중3인 동생이 면도를 언제쯤 해야 할지 봐줄 정도로 다정했던 사람이었는데 가출 사건 이후부터는 아예 대놓고 '구제불능', '구멍'이라고 부르며 우현의 기분을 긁어대기 시작했던 것입니다.

우현은 형에게 서운했지만 어쩔 도리가 없습니다. 결국 모든 원인은 자기 휴대 전화인 줄 알고 형의 휴대 전화를 들고 나갔던 자신이 제공했으니까요.

우현이 보기에 형은 매사 완벽하고 성실해서 부모님의 인정을 한몸에 받는 사람입니다. 반면에 자신은 실력이 모자라 아버지가 바라셨던 기숙사 딸린 고등학교는 고사하고 형이 추천해준 일반 학교에도 진학하지 못해 부모님을 실망시키기만 하는 가족 중 유일한 구멍인 것만 같습니다. 어쩌면 앞으로도 여전히 아버지가 만들어놓은 완벽한 세상에 어울리는 사람이 되어 아버지의 인정을 받을 수 있는 날이 오지 않을 것만 같아 씁쓸하기만 합니다.

그런데 어쩐지 집안 분위기가 달라지고 있었습니다. 매사 빈틈없이 꼼꼼하던 아버지였지만 언젠가부터 형과 우현이 해야 할 일까지 수첩에 적어두고 수시로 그 일을 수행했는지 체크하기 시작했던 것입니다.

우현은 아버지의 이런 행동이 불만스럽기만 합니다. 아버지 수첩에 적힌 것은 아버지의 계획일 뿐 자신의 계획이 아닌데 왜 그대로 따라야 하는지 이해할 수 없습니다. 형은 원래 성실의 아이콘이어서 별 불만 없이 아버지의 계획대로 움직일 수 있겠지만 가족 중 유일한 구멍이 되어버린 자신은 아무리 노력해도 아버지 계획에서 조금씩 어긋나고 틀어진 생활을 하는 것처럼 보일 수밖에 없다는 걸 알기 때문입니다. 오히려 아버지 수첩에 빼곡하게 적힌 계획 때문에 이전보다 더 자주 자기 빈틈을 확인하는 것만 같아 우현의 마음은 자꾸만 바깥으로 떠돕니다.

전원주택으로 이사한 첫날, 짐을 정리하던 우현이 방 한가운데 놓인 두 개의 상자 안에서 아버지의 수첩들을 발견합니다. 대체 누가 아버지의 수첩이 든 상자를 우현의 방에 가져다놓은 걸까요?

형은 아버지의 수첩을 읽고 있는 우현을 보더니 슬그머니 방문을 잠그고 나갑니다. 형은 왜 방문까지 잠그며 우현이 아버지의 수첩을 읽을 시간을 벌어준 것일까요? 아버지의 수첩 안에는 엄청난 비밀이 빼곡히 숨어있었습니다. 우현이 알게 된 비밀은 무엇일까요? 그리고 그 비밀은 그에게 어떤 변화를 가져다줄까요?

## 형제자매 간 질투와 미움 사이, 아슬아슬한 줄타기

부모는 자녀마다 신체적, 인지적 능력에 차이가 있다는 것을 알면서도 의도치 않게 아이들을 차별합니다. 부모의 이런 태도는 형제자매가 서로 치열하게 대립하거나 서로를 적대시하게 만드는 원인으로 작용합니다.

《의자 뺏기》의 은오와 지오 엄마가 대표적인 경우입니다. 엄마는 지오가 까탈스럽고 욕심 많은 아이라서 마음을 놓을 수 없고, 은오는 지오보다 성격 좋고 천사처럼 착한 아이라서 안심이 된다는 말로 두 아이를 비교하며 은오를 설득했습니다. 이 말을 들은 은오는 어떤 생각을 했을까요? 왠지 엄마 말대로 외할머니 댁에 남아야만 엄마 아빠의 사랑을 받을 수 있을 것만 같은 불안을 느끼지 않았을까요?

또 홀로 남겨져 힘들게 지내고 있던 은오 앞에서 지오가 국제 대회를 준비해야 할 정도로 뛰어난 스케이트 실력을 가지고 있다며 기뻐하던 엄마의 모습은 은오에게 지오를 축하해주고 싶은 마음보다는 오히려 엄마의 모든 관심을 빼앗아가버린 지오를 향한 미움만 더 키워주었을 것입니다. 자신이 받아야 할 사랑까지 지오가 모두 독차지하고 엄마가 자신에게는 아무런 관심을 갖지 않는 것처럼 느껴졌을 테니까요.

부모가 보여주는 사랑의 온도 차는 형제자매 간 질투와 미움만 키우는 게 아닙니다. 엄마 아빠의 선택을 받지 못해 외할머니 댁에 남게 되었다는 부정적인 생각은 은오의 자존감에 상처를 입혔을 뿐 아니라 끊임없는 열등감과 피해 의식에 시달려 지오를 미워하게 만들었습니다.

성경이 보여주는 인류 최초의 형제 살인이라는 비극적 사건의 주인공 카인과 아벨*이나 질투심으로 장자의 권리까지 가로

---

* 성경 구약성서에서 아담과 이브가 에덴 동산에서 쫓겨난 뒤 낳은 형제가 카인과 아벨이다. 하나님이 형 카인의 제물은 받지 않고 동생 아벨의 제물만 기쁘게 받아들이자 카인은 불타는 질투심으로 인류 최초의 형제 살인이라는 죄를 범하고 말았다. 이처럼 차별은 질투를, 질투는 분노를, 분노는 살인이라는 극단적인 죄로 이어진다.

챘던 야곱 형제°도 알고 보면 형제에 대한 차별 대우가 원인이 었다는 사실을 부모라면 한 번쯤 상기해보아야 할 것입니다.

## 형제자매 간 지지와 위로 사이, 특별하고 뭉클한 친밀감

태어나면서부터 시작되는 형제자매 관계는 서로 나이 차가 많이 나지 않기 때문에 어쩌면 부모보다 더 오래, 거의 평생 동안 이어지는 매우 특별한 인간관계입니다.

'식구', '가족'이라는 단어에는 같은 집에서 의식주 생활을 함께 나누는 관계라는 의미가 들어있습니다. 그런 점에서 형제자매는 같은 공간에서 동고동락하는 운명 공동체이기도 합니다. 그러다 보니 평생 동안 가족들 사이에서 생기는 크고 작은 변화를 형제자매들이 함께 겪을 뿐 아니라 같은 부모 밑에서 성장하고 생활하며 겪은 공통의 체험과 입장을 친밀하게 공유하게 됩니다. 당연히 서로를 이해하고 공감하는 정도와 크기가 다른 사회적 관계와 다를 수밖에 없고 서로에 대한 정서적 지지와 신뢰

---

• 성경 속 인물인 야곱과 에서는 이란성 쌍둥이이다. 태어날 때부터 형 에서의 발꿈치를 잡고 태어난 동생 야곱은 뛰어난 사냥꾼이자 사내다움으로 아버지의 사랑을 듬뿍 받는 형 에서에 대한 질투심이 컸다. 게다가 팥죽 한 그릇으로 배고픈 형 에서의 장자 권리까지 빼앗은 동생 야곱은 그를 아끼는 어머니의 도움으로 눈이 침침한 아버지를 속이고 장자에게 돌아갈 아버지의 축복(상속권)까지 가로챈다.

가 깊어질 수밖에 없습니다.

《의자 뺏기》에서 부모의 이혼과 재혼 그리고 엄마의 죽음이라는 변화를 함께 겪은 쌍둥이 자매가 이복동생의 탄생을 기다리며 산부인과 대기실에서 서로의 고충과 속내를 터놓고 그동안 쌓였던 갈등의 벽을 허물어가는 모습은 이런 형제자매 관계의 특성을 잘 보여줍니다.

또 형제자매 간 정서적 지지와 유대는 가족 구성원에게 혼자서는 해결하기 어려운 특별한 상황이 닥치거나 가족 중 어떤 사람이 심각한 질병에 걸려 예기치 않았던 위기 상황이 벌어지면 이전보다 매우 강해집니다.

《#구멍》의 형제 관계가 바로 이런 관계입니다. 그동안 맞벌이하는 부모님 대신 엄마처럼 일곱 살 어린 동생을 돌보았던 형은 형대로, 보살핌을 받으며 형을 부모처럼 의지했던 동생은 동생대로 서로의 마음을 가득 채워준 둘만의 추억과 기억들이 있었기에 아빠의 알츠하이머 발병이라는 위기 앞에서 아빠의 구멍을 메워주기 위해 각자의 자리에서 친밀하게 협력할 수 있었던 것입니다.


## 형제자매 관계, 변하면 변한다?

형제자매 관계는《의자 뺏기》의 쌍둥이 자매 지오와 은오처럼 부모의 인정과 관심을 얻기 위해 끝없이 경쟁하는 관계가 되기도 하고 《#구멍》의 우현과 형처럼 부모보다 더 오래 함께 살게 되는 평생의 동지이자 협력자가 되기도 합니다. 두 편의 작품은 형제자매 관계가 서로를 성장시키는 우호적인 관계로 발전하려면 무엇이 필요한가를 생각하게 해줍니다.

많은 부모가 '열 손가락 깨물어 안 아픈 손가락 없다', '다 같은 자식인데 누굴 차별하겠느냐'라고 말합니다. 하지만 지오가 까탈스러워서 마음이 놓이지 않는다는 은오 엄마와 성실하고 빈틈없는 형을 우현보다 더 신뢰하는 우현 아버지를 보면 '열 손가락 깨물어 안 아픈 손가락'은 분명 있는 것 같습니다.

이는 부모 자녀 사이라고 해도 타고난 기질이 잘 맞지 않아 서로 부담을 느끼거나 힘들어하는 관계도 있다는 것을 보여줍니다. 여기서부터 형제자매가 서로를 적대시하게 만드는 편애가 시작될 수 있습니다. 그러므로 부모가 먼저 편견이나 왜곡 없이 있는 그대로의 자녀를 알아가기 위해 많은 시간과 노력을 기울여야 합니다. 노력한 만큼 알고 그만큼 이해하는 힘도 커집니다.

상대를 이해하는 마음이 커졌다는 것은 '사랑'입니다. 부모의 깊은 이해와 따뜻한 사랑을 통해 아이들은 건강한 관계 맺기를 배웁니다. 성숙한 사회 구성원으로 성장할 수 있는 힘의 근원 또한 가족에게서 받는 사랑과 신뢰입니다.

# 사고를 확장하는 토론 논술 활동

## 자유 논제 토론

● 《의자 뺏기》에서 은오는 무엇을 빼앗아 손에 쥐는가는 그리 중요하지 않다고 하면서도 지오와의 의자 뺏기 싸움에서 승리하는 것이 자신의 궁극적 목표라고 말합니다. 은오의 생각처럼 지오와의 의자 뺏기 싸움을 끝까지 계속해야 할까요? 자유롭게 이야기해봅시다.

●● 《#구멍》에서처럼 나이 차이가 많이 나는 형제를 키우는 부모님은 큰아이에게 작은 아이를 보호자처럼 돌보도록 하는 경우가 많습니다. 이런 양육 방식이 두 아이에게 미칠 긍정적 영향과 부정적 영향에 대해 이야기해봅시다.

## 선택 논제 토론

● 정도의 차이는 있지만 형제자매끼리의 갈등은 어느 집이든 흔히 벌어지는 일입니다. 이러한 형제자매 간 갈등은 개인의 성장에 어떤 영향을 미칠까요? 입장을 정해 토론해봅시다.

> 성장에 도움이 된다.
> 성장에 도움이 되지 않는다.

●● 《의자 뺏기》에서 외숙모는 집안 형편이 어려워 지오와 은오 둘 중한 명만 대학을 갈 수 있다고 합니다. 외할머니와 외숙모는 방학 때 특강도 듣고 논술도 해야 한다고 맞서는 지오 편입니다. 여러분의 생각은 어떤가요? 공부 잘하는 사람만 대학 진학을 해야 한다는 생각에 동의하나요?

동의한다.
동의하지 않는다.

## 논술

● 형제자매의 갈등을 심화시키는 원인을 찾아보고 이를 관리하는 바람직한 방법에 대해 논술해봅시다.

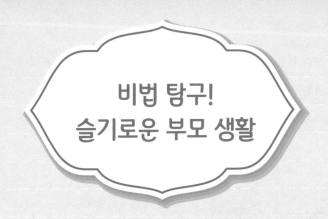

비법 탐구!
슬기로운 부모 생활

이미 교육이 성공과 부를 획득하는 수단이 되어버린 한국 사회에서 자녀를 좋은 대학에 보내기 위해 물심양면, 고군분투하는 부모들을 쉽게 찾아볼 수 있습니다. 이런 부모에게 자녀의 신분은 오직 '학생'일 뿐입니다.

2015년 한림대 정신건강연구소가 교육부에서 실시한 자살한 학생의 담임 선생님을 대상으로 한 조사 자료에 따르면 중·고등학생 자살 원인 1위는 '성적'이었습니다. 여기에서 주목할 점은 성적 고민으로 자살한 청소년 10명 중 2명은 상위권이었다는 것입니다. 이 결과는 현재 우리나라의 청소년들이 겪고 있는 학업 스트레스가 얼마나 큰지 보여줍니다.

재미있는 상상을 한번 해볼까요? 1등을 목표로 공부만 하며 청소년기를 보냈던 사람들은 나중에 어떤 부모가 될까요? 공부가 얼마나 힘든지 아니까 자기 자녀는 마음껏 뛰어놀게 하는 부모? 아니면 '그때 고생했더니 지금 더 많은 걸 누리잖아'라며 더 혹독하게 자녀의 시간을 통제하고 있을까요? 아니 어쩌면 의학 기술의 도움으로 좋은 유전자로만 디자인된 아이와 갈등 없이 행복하게 살고 있을지도 모르겠네요.

물론 세상이 변하는 만큼 아이들의 필요와 요구도 다양해질 테니 부모의 역할 또한 많은 변화가 생기겠지요. 부모 자녀 관계를 다룬 두 작품을 통해 좋은 부모의 의미에 대해 생각해보고자 합니다.

## 토끼가 된 반희

《변신 인 서울》 한정영 지음

알람 소리에 눈을 뜬 반희는 토끼 모습을 하고 있는 자신을 발견합니다. 아직 꿈인가 싶어 두 발로 참고서를 신나게 찢으며 토끼가 된 자유를 한껏 즐기던 반희는 어서 일어나 학교 가라는 엄마의 재촉하는 소리를 듣고 잠을 깨려고 하지만 어쩐 일인지 몸이 말을 듣지 않습니다. 그 순간 메시지 도착을 알리는 휴대 전화의 진동이 울립니다.

난데없이 토끼로 변신한 반희는 짧은 앞발과 혀끝을 돌려가며 겨우 메시지를 열어봅니다. 하지만 메시지에 적힌 내용도 보낸 사람도 영문을 알 수 없는 것뿐이라 당황스럽기만 합니다.

반희의 결석을 알리는 엄마의 통화 내용에도 혜수, 1등, 민규, 차미 그리고 수지… 낯설고 엉뚱한 이름만 등장합니다. 어찌 된 상황인지 파악해내려고 애쓰던 순간 1등을 빼앗겼던 것, 아빠의 호된 꾸지람과 매질, 엄마의 은근한 압박… 이런 내용들이 혜수와 수지라는 이름과 뒤섞여 떠오릅니다. 그러고 보니 최근 자신의 가장 큰 스트레스는 빼앗긴 1등을 되찾아야 한다는 압박감과 그것이 쉽지 않을 거라는 불안감이었다는 것도 기억납니다.

반희에게 1등이 그토록 중요했던 것은 전적으로 반희 부모님의 영향 때문입니다. 시의원인 아빠의 체면 유지와 다음 공천을 위해, 1등 하는 아이의 엄마라는 자존심을 지켜주기 위해 어떻게든 반희는 1등을 해야 했거든요.

하지만 여전히 이해가 되지 않는 것은 학교 일진 민규가 수지를 괴롭히는 장면이 왜 기억에 떠올랐나 하는 것입니다. '이러다 사람으로 돌아가지 못하면 어쩌지'라는 불안감이 점점 고조되는 사이 난해하게 흩어져있던 머릿속 기억들이 점점 선명하고 또렷하게 제자리를 찾았습니다. 수지를 괴롭히던 동영상 속에 민규가 왜 있었는지 기억이 난 것입니다. 과연 동영상 속 진실은 무엇일까요?

그런데 이런 상황에서도 엄마 아빠는 반희를 직접 찾아 나서지 않고 보좌관에게 반희 휴대 전화 속 동영상 문제를 깔끔하게 처리하고 비밀리에 반희를 찾으라는 지시를 내릴 뿐입니다. 부모님에게는 사라진 반희에 대한 걱정보다 여전히 남들에게 보여지는 체면이 더 중요했던 모양입니다. 반희의 변신을 알 리 없는 차미는 전화와 메시지로 '당장 찾아와 수지에게 직접 사과하라'는 경고를 보내옵니다.

반희는 원래의 모습을 되찾고 수지에게 직접 사과할 수 있을까요? 안타까운 마음으로 반희가 원래 모습으로 되돌아오기를 응원해봅니다.

## 지금은 부모 면접 중

미래의 어느 날, 한국 정부는 아이 낳기를 기피하는 사회적 문제를 해소하기 위해 NC 센터를 세웁니다. 이곳 아이들은 성도 없이 부모가 아이를 맡긴 달에 해당하는 영어 단어에서 따온 이름으로 불리다가 양부모와 함

《페인트》 이희영 지음

께 NC 센터를 나갈 때 바깥세상 아이들처럼 평범한 이름을 얻을 수 있습니다. 아이들은 열세 살이 되면 함께 살고 싶은 부모를 직접 선택하는 부모 면접권을 갖습니다. NC 센터 아이들은 이 부모 면접을 영어 발음이 비슷한 '페인트'라는 은어로 부릅니다.

양부모가 되려는 사람들은 홀로그램 속에서 하나같이 웃음꽃이 만발한 표정으로 '너희들을 위해 좋은 부모가 될 준비가 되어 있고, 최고의 가정을 선물해줄 거라는 메시지를 온몸으로 호소합니다. 하지만 원한다고 해서 아무나 부모가 될 수 있는 게 아닙니다. 왜냐하면 센터에서는 '프리포스터'라고 불리는 예비 양부모들을 여러 절차와 서약을 통해 선발하고 향후 5년 주기로 문제가 없는지 깐깐하게 심사하기 때문입니다.

스무 살이 되기 전까지 양부모를 선택하지 못하고 바깥세상에 나간 아이들은 잠재적 범죄자로 취급받거나 NC 센터 출신 꼬리표로 인한 차별을 감수해야 합니다. 하지만 그 전에 입양이 되면 그 아이의 IC 카드에서 NC 센터 출신이라는 기록은 지워집니다. 그래서 NC 센터 아이들은 부모 면접을 통해 서둘러 그곳을 떠나려고 합니다.

양부모들도 NC 센터를 통해서 입양에 성공하면 정부 지원금을 받기 때문에 어떻게든 아이를 입양하려고 합니다. 양부모들이 두려워하는 것은 어렵게 심사를 통과해 데려온 아이를 파양하는 것입니다. 파양하면 정부 지원금을 몽땅 토해내야 하기 때문입니다.

입양에 성공한 아이들 중에는 마음씨 좋은 양부모 밑에서 행복하게 살아가는 아이들도 있지만 간혹 노아208처럼 양부모와의 생활이 예상보다 불편하거나 마음에 들지 않다는 이유로 NC 센터로 다시 돌아오는 경우도 있습니다. 그러나 대부분 서로가 서로에게 필요한 것을 취하며 가족이라는 그럴싸한 가면을 쓴 채 살아갑니다.

NC 센터에 남아있는 열일곱 살짜리 아이들 대부분은 한 번쯤 입양된 경험이 있거나 입양 직전까지 갔던 아이들입니다. 주인공 제누도 겉으로는 그럴싸했지만 진짜 관심은 정부 지원금에만 있던 프리포스터들 때문에 상처 입은 경험이 있습니다. 그런데도 자기소개 홀로그램에서 다른 프리포스터들과 달라 보였던 젊은 예술가 부부와 페인트 일정을 잡습니다. 부부의 어떤 점이 제누의 마음을 움직인 걸까요?

페인트에 참여한 아이들 모두 그들이 원하는 조건에 완벽하게 일치하는 양부모를 찾고 제대로 된 좋은 이름도 생겼으면 좋겠습니다.

# 부모와 자녀 사이,
# 이상과 현실의 부조화가 만드는 상처

부모들은 누구나 자녀가 천재처럼 똑똑하거나 남들과 다른 특별한 재능을 가지고 있기를 꿈꿉니다. 그래서 부모들은 자녀 교육을 위해 기꺼이 지갑을 엽니다. 그러다 그동안의 노력들이 부모의 일방적인 욕심이었다는 것을 확인하는 순간 당황합니다.

부모들의 당혹감은 《변신 인 서울》의 반희 아빠처럼 경제적인 지원을 아낌없이 했는데도 뜻대로 따라주지 않는 자식을 못마땅해하는 모습으로 표출되거나 반희 엄마처럼 1등이 아닌 자식을 부끄러워하는 모습으로 드러나기도 합니다.

반대로 반희 입장에서는 그런 부모가 자랑스럽기만 했을까요? 정작 1등할 때만 칭찬하고 한 문제라도 틀려서는 안 된다고 강요하는 부모 때문에 반희는 얼마나 상처를 받았을까요? 어쩌면 반희도 《페인트》의 NC 센터 아이들처럼 부모와의 인연을 끝내고 돌아갈 곳이 있었으면 좋겠다는 생각을 해보지 않았을까요?

부모들이 잊지 말아야 할 것은 부모들만 자녀들에게 실망하는 것이 아니고 아이들도 자기 부모를 다른 부모와 비교해가며 현실적인 눈으로 판단하고 평가할 줄 안다는 것입니다.

《변신 인 서울》의 작가는 카프카의 《변신》에서 영감을 얻어 이 작품을 쓰기 시작했다고 서문에 밝히고 있습니다. 카프카는 《변신》을 통해 인격적으로는 철저히 소외당한 채 오직 부양의 도구로 쓰이다 버려진 그레고르의 아픔을 거대한 갑충으로의 변신이라는 설정을 통해 드러낸 작품입니다.

이를 《변신 인 서울》에 나오는 반희의 변신에도 적용해볼까요? 어쩌면 공부하는 기계처럼 1등만 강요하는 부모님 때문에 힘들었던 반희 마음속 상처와 소외감을 '변신'이라는 설정을 통해 드러낸 것인지 모릅니다. 그레고르는 단단한 껍질 속에 갇힌 징그러운 갑충으로 변신했지만 반희는 귀여운 토끼로 변신했습니다.

그런데 왜 하필 작고 귀여운 토끼였을까요? 성적 때문에 괴물이 되어버린 자신을 부정하고 싶은 생각과 성적에 상관없이 사랑받으며 행복했던 어린 시절로 돌아가고 싶은 반희의 간절한 소망이 반영된 건 아니었을까요?

《변신》은 더 이상 쓸모없어진 그레고르만 남겨둔 채 가족들이 나들이를 떠나며 끝이 납니다. 가족들에게 그레고르가 어떤 의미였는지를 보여주는 장면이지요. 《변신 인 서울》의 마지막 장면도 반희 부모님에게 자식이 어떤 의미인지를 보여줍니다.

엄마 아빠는 1등을 놓쳐 더 이상 자랑할 것 없는 반희보다 발달 장애를 가진 반지가 사람들 앞에서 멋지게 리코더 연주도 하고 대학까지 가주면 그들을 훨씬 돋보이게 만들 거라고 판단한 모양입니다. 단번에 반희 찾기도 멈추고 반지와 함께 프라다가모 호텔로 떠나는 모습을 보면서 토끼 반희는 그 자리에 풀썩 쓰러져버립니다.

이제 반희는 어떻게 될까요? 반희가 얼른 기운을 차리고 원래의 모습으로 돌아올 수 있었으면 좋겠습니다.

## 전지적 자녀 시점으로 점검해야 할 부모 사랑의 본질

'철사 엄마와 수건 엄마'는 미국의 심리학자 해리 할로우 박사가 했던 연구 실험의 제목입니다. 이 연구는 비록 인형이라 할지라도 새끼 원숭이에게 애착 대상의 존재 유무가 생존과 밀접하게 연결되어 있음을 보여줌으로써 약하고 작은 존재로 태어난 아이가 건강하고 성숙한 어른으로 성장하기까지 엄마의 사랑이 꼭 있어야 한다는 것을 보여주고 있습니다.

어쩌면 아이들은 가슴속에 부모의 진짜 사랑으로만 채워지는 주머니를 하나씩 달고 태어나는 게 아닐까요?《페인트》에서 여리고 예민하기에 누구보다 사랑에 목말랐던 아키가 아무 조건 없이 사랑해줄 따뜻한 부모를 꼭 만나고 싶었던 것도, 생각 깊은 제누가 자신의 이야기를 진심으로 들어주고 지지해줄 부모를 만나고 싶었던 것도 바로 그런 이유일 것입니다.

대부분의 부모는 자녀를 훌륭하게 키우기 위해 나름대로 최선을 다하고 있다고 생각합니다. 하지만《변신 인 서울》의 반희 부모의 태도가 정말 반희를 위한 것이었는지 생각해보아야 합니다. '전지적 반희 시점'으로 바라본 부모님의 성적 관리는 사랑이 아니라 억압과 통제일 뿐입니다.

아이들은 부모의 인정과 사랑을 충분히 받지 못하면 현재의 자신을 부정하고 '탓할 거리'를 외부에서 찾아 자기 합리화를 시킵니다. 사람은 본능적으로 스스로를 지키고 싶어 하는 존재이니까요.《변신 인 서울》에서 1등이 아니면 인정해주지 않던 부모 때문에 반희가 어떤 괴물이 되었는지,《페인트》에서 제누와의 부모 면접을 준비하는 동안 자신의 어머니가 자주 떠올랐다던 하나의 쓸쓸한 표정이 무슨 메시지를 전달하는지 진지하게 생각해보아야 합니다.

《변신 인 서울》과《페인트》는 부모 사랑에도 시점의 전환이 필요하고, 부모와 자녀 사이에는 소유가 아닌 독립된 인격체로 서로를 존중할 수 있는 적정한 거리가 필요하다고 이야기합니다.

안도현 시인은 '간격'이라는 시에서 울창한 숲은 나무가 서로 어깨를 맞대고 빽빽이 들어서서 만들어지는 게 아니라 나무와 나무 사이에 존재하는 넓거나 좁은 간격 때문이라고 말합니다. 부모와 자녀 사이에서도 마찬가지입니다. 친밀감이 무엇보다 중요하지만 너무 가까이 밀착하려고 할수록 강한 마찰이 생기고 그로 인해 생기는 마찰열은 서로에게 상처를 입힙니다.

어차피 세상의 모든 자녀는 언젠가는 부모에게서 떨어져 독립적으로 살아가야 합니다. 부모가 자녀의 독립을 배신이 아닌 기쁨으로 여길 수 있으려면 자녀가 걸어가는 모습을 응원하는 마음으로 묵묵히 바라볼 수 있는 간격이 필요합니다. 그래야 '네가 행복하다면 그것으로 충분해'라는 믿음으로 자녀를 바라볼 수 있는 눈이 열리는 것 아닐까요?

# 사고를 확장하는 토론 논술 활동

## 자유 논제 토론

● 《변신 인 서울》의 반희 부모와 《페인트》에 등장하는 하나의 엄마, 하나 부부, 아키의 양부모를 떠올리며 여러분이 생각하는 '좋은 부모'에 대해 이야기해봅시다.

●● 《페인트》에서 제누는 NC 센터 아이들이 원하는 '진짜 어른'은 어른들이 보지 못하는 것이라도 아이들은 볼 수도 있다고 믿는 사람, 어른들이 못 느끼는 것을 아이들은 느낄 수 있다고 인정하는 사람이라고 말합니다. 제누가 말한 진짜 어른은 어떤 사람일까요? 여러분이 생각하는 '진짜 어른'에 대해서 이야기해봅시다.

## 선택 논제 토론

● 제누는 하나에게 "지금까지 면접한 어떤 분들보다 이상적인 부모였다."라고 말하면서도 아직 센터를 떠나고 싶지 않다는 이유로 하나의 합숙 요청은 거절합니다. 제누의 선택에 대해 입장을 정해 토론해봅시다.

> 지지한다.
>
> 지지하지 않는다.

●● 《페인트》에서 아키는 14년 만에 찾아온 생부 생모를 따라 곧바로 퇴소한 아이의 이야기를 제누에게 들려줍니다. 제누는 14년 만에 처음 만난 사람을 낳아준 부모라는 이유만으로 따라간 그 아이를 이해할 수 없다고 하지만 아키는 친부모가 있는데 왜 NC 센터에 남아있겠냐고 말합니다. 여러분이라면 어떤 선택을 할지 입장을 정해 토론해봅시다.

> 친부모를 따라 곧바로 퇴소한다.
> NC 센터에 그대로 남는다.

## 논술

● 두 소설은 청소년 자녀를 키우는 부모로 살아가기와 부모가 되어가기에 대해 생각하게 합니다. 갈수록 경쟁이 치열해져가는 현대 사회의 부모들이 범하기 쉬운 문제 행동을 《변신 인 서울》를 통해 살펴보고, 부모들이 갖추어야 할 소양과 그것을 기르기 위해 어떤 노력을 해야 하는지 《페인트》를 통해 살펴본 후 논술해봅시다.

# 순도 99.9퍼센트, 조부모 사랑

　우리나라에서 가장 오래된 육아 일기는 《양아록》*입니다. 손자의 탯줄을 자를 때부터 손자가 열여섯 살이 될 때까지의 일들을 상세하게 기록해놓은 이 육아 일기에는 아이 스스로 행동하도록 여유롭게 기다려주는 할아버지의 넉넉한 사랑이 고스란히 담겨있습니다. 이처럼 전통 사회에서는 조부모들이 손주 양육뿐 아니라 집안 대소사를 결정할 때 큰 역할을 했습니다.

　하지만 2011년 여성가족부에서 실시한 가족의 범위 조사*에서는 손자 손녀까지 가족이라고 응답한 조부모들과 달리 청소년들은 할아버지 할머니는 가족이 아니라고 응답했습니다. 왜 이런 결과가 나왔을까요? 명절에 할머니 할아버지를 찾아뵙는 것보다도 학원에서 공부하는 게 더 중요하다고 배웠기 때문일까요?

　물론 지금은 모든 아이가 조부모의 사랑을 받으며 자랄 수 있는 환경도

---

●　조선 시대 선비 이문건이 1551년부터 1566년까지 16년간 손자 이수봉을 양육한 과정을 기록한 일기
- 출처 : KBS 역사추적 24회 조선 선비의 육아일기 양아록(2020년 5월 4일 방송)〉

아니고 조부모의 육아 참여가 오히려 가족 간 갈등이나 불화의 원인으로 작용하는 경우도 있습니다. 두 편의 소설을 통해 조부모의 존재가 손주들의 성장과 성숙에 어떤 영향을 주는지, 긍정적인 조손 관계를 위해 필요한 것은 무엇인지 생각해보고자 합니다.

## 할머니, 어느 날 갑자기 독립을 외치다!

《도미노 구라파식 이층집》
박선희 지음

몽주는 아빠가 결혼하던 해에 지어진 낡은 이층집에 삽니다. 할머니는 가족과 행복한 한때를 보낸 이 집을 '구라파식 이층집'이라고 부르며 애착을 보이지만 몽주네 이층집에서는 기울어진 담장처럼 자꾸만 위태로운 일들이 도미노처럼 벌어집니다.

그 시작은 할머니가 애지중지하던 손자, 일구 부부의 분가였습니다. 결혼 후 2년 넘게 함께 살았던 손자 부부가 분가한다는 소식은 할머니에게 충격이었지만 몽주 엄마에게는 혼자만의 시간을 만들어 줄 홀가분한 소식이기만 합니다. 할머니는 이런 며느리(몽주 엄마)의 처사가 못마땅하고 서운하지만 손자의 결정에 선뜻 반대하지 못합니다. 지금까지 집안 대소사 결정에 거의 모든 권한을 가졌던 할머니의 영향력이 할머니의 나이만큼 빠져버렸기 때문입니다. 몽주는 이런 할머니가 안타깝기만 합니다.

어느 날 교실에서 친구 도현의 멋진 마술쇼를 보던 몽주는 일구 오빠 일로 쓸쓸해하시는 할머니를 위해 마술 동아리에 들어갑니다. 마술 연습 때문에 친구들을 집으로 부른 몽주는 마술에 사용할 스카프를 찾으러 언니 방에 들어갔다가 윤주 언니의 일기장을 봅니다. 몽주는 언니의 일기를 읽으며 무너져가는 게 이 집만이 아니라는 사실을 본능적으로 직감합니다.

구라파식 이층집은 몽주의 불안한 예측을 증명이라도 하듯 집안 곳곳으로 삐걱거림이 퍼져나갔습니다. 처음에는 테라스 타일이 깨지더니 계단과 마루가 꺼지고 급기야 담장까지 무너져버린 것입니다.

분가했던 일구 오빠 내외가 자식을 낳지 않고 입양하겠다는 소식을 전하러 온 날 할머니는 갑작스레 독립 선언을 합니다. 놀란 가족들과 몽주가 할머니의 독립 결정을 막아보려 했지만 할머니의 반응은 단호하기만 합니다. 이대로 가다가 정말 가족들이 뿔뿔이 흩어질 것만 같아 불안한 몽주는 지금이 바로 진짜 마술을 준비해야 할 때라며 친구들에게 도움을 요청합니다.

몽주가 친구들과 함께 준비한 기상천외한 마술쇼는 과연 어떤 것일까요? 마술쇼를 통해 몽주가 가족에게 하고 싶었던 이야기는 무엇일까요? 마술사의 마술쇼가 관객에게 웃음을 선사해주는 것처럼 몽주의 마술쇼를 보게 될 할머니와 가족들이 서로를 보며 환하게 웃을 수 있었으면 좋겠습니다.


## 할머니의 사랑은 만능 치료약!

셜록 홈즈처럼 추리를 통해 정의 사회를 구현하겠다는 꿈을 가진 맹탐정 승지는 얼른 진짜 탐정으로 유명해져서 이 마을을 떠나는 게 인생 목표입니다. 맹탐정 아빠는 서울대를 나왔는데도 자아를 찾아다닌다는 핑계로 1년에 한두 번씩만 집에 오십니다. 엄마는 아빠가 집에 와도 기분이 좋지

《맹탐정 고민 상담소》 이선주 지음

않습니다. 그럴 때마다 할머니는 엄마 보라는 듯이 걸어가는 아빠의 다리를 걸어 넘어뜨리거나 TV를 보는 아빠의 등짝을 세게 내려칩니다.

승지는 이런 할머니가 세상 누구보다 좋습니다. 어쩌다 한 번 보는 아빠의 모습이 좋기보다는 속상하고 화가 나는 자기 마음을 알아주는 것 같았거든요. 승지는 할머니를 통해 세상에서 가장 중요한 감정이 이해받는 감정이라는 것을 배웁니다.

승지가 탐정 활동에 관심을 갖게 된 것은 엄마가 잃어버린 지갑을 세탁기에서 찾아준 경험 때문입니다. 추리를 통해 곤란에 빠진 사람의 어려움을 해결해주는 게 좋았던 승지는 명품 전통 카페 한쪽에 '맹탐정사무소'라는 스티커를 붙여놓고 탐정 활동을 시작합니다. 동네의 사랑방 역할을 하는 엄마의 카페가 추리에 필요한 단서들을 수집하는 데 유리하기 때문이지요.

맹탐정사무소의 첫 의뢰 사건은 윤미의 분실한 휴대 전화를 찾아달라는 것이었습니다. 약간의 난관도 있었지만 윤미 엄마가 의뢰한 사건을 멋지게 해결하면서 승지는 탐정 활동에 더욱 재미를 붙입니다.

맹탐정에게 맡겨진 두 번째 사건은 산이중학교에서 성적으로 부동의 1위를 차지하고 있는 영은 언니가 의뢰한 것입니다. 산이중학교에 다니는 학생이라면 누구나 정주시에 있는 고등학교로 진학하는 것을 꿈꿉니다. 그러니 공부 잘하기로 소문난 영은 언니가 정주시에 있는 고등학교에 가고 싶어 하는 것은 당연합니다.

그런데 어쩐 일인지 영은 언니의 엄마는 딸이 정주시로 유학 가는 것을 반대합니다. 영은 언니 엄마가 딸의 유학을 반대하는 이유는 무엇일까요? 이 일을 해결하며 승지는 승옥 언니에 대해서도, 그동안 공부 잘하는 언니랑 비교하며 자기만 차별한다고 원망했던 엄마에 대해서도 고마운 마음을 가지게 되었습니다. 탐정 활동 때문에 전보다 자주 카페에 머물다 보니 자아를 찾겠다며 집을 나가 가족도 돌보지 않는 아빠 대신 자식들을 먹이고 챙기느라 애쓰는 엄마의 마음이 보였습니다.

다음으로 맡게 된 사건은 친구 인혜를 좋아하는 콘서트에 함께 데려갈 수 있게 인혜의 자아를 찾아야 하는 것입니다. 인혜의 자아를 찾아주던 승지는 가족들을 떠나 오래도록 자아만 찾아다니던 아빠와 그런 아들을 안타깝게 바라보는 할머니를 마음의 눈으로 보게 됩니다.

승지 마음의 눈에 비친 할머니와 아빠는 어떤 모습이었을까요? 부디 방황을 끝낸 아빠와 함께 온 가족이 행복하게 웃을 수 있었으면 좋겠습니다.

## 화수분 같은 할머니의 사랑, 손주를 키우는 자양분

동요 〈겨울밤〉을 들으면 찬바람이 부는 겨울밤 포근한 할머니 곁에 옹기종기 모여 앉은 손주들의 행복한 얼굴이 그려집니다. 노래 속 손주들은 어른이 되어서도 이때의 기억을 떠올릴 때마다 얼굴 가득 행복한 미소가 절로 퍼지겠지요?

모든 아이는 유아기나 사춘기 시기에 자기를 지탱해주는 감정을 저장하는 '감정 그릇'을 가지고 있다고 합니다.[9] 기름이 채워져야 움직일 수 있는 자동차처럼 아이들도 감정의 그릇이 채워져야 무한한 잠재력을 거리낌 없이 발휘할 수 있다는 것입니다. 이때 부모가 채워줄 수 있는 것 외에 아이의 성장에 필요한 또 하나의 기름이 바로 조부모의 사랑입니다. 아이들은 그 힘을 바탕으로 타인의 슬픔을 민감하게 알아차리거나 상대의 고통에 깊이 공감하며 배려할 줄 아는 사람으로 성장합니다.

《도미노 구라파식 이층집》을 보면 구라파식 이층집이 균열로 기울어져가는 것처럼 몽주네 가족들 사이를 점점 벌어지게 만드는 사건들이 일어났을 때 유독 몽주만이 할머니를 애틋해합니다. 장손인 일구 부부의 입양 계획을 들으며 '몽주처럼 내가 키워줄 것도 아니고…'라고 되뇌이는 할머니의 말에서 유추해보면 그 이유를 짐작할 수 있습니다. 할머니가 몽주를 사랑으로 키워주셨고 그 사랑이 몽주의 감정 그릇을 채워주었기 때문에 몽주가 다른 형제들보다 더 깊이 할머니의 허탈함과 외로움에 공감하고 사랑을 담아 할머니에게 위로를 건넬 수 있었던 것입니다.

《맹탐정 고민 상담소》 승지의 경우도 마찬가지입니다. 가족 중 유일하게 승지 편이 되어 무조건적 사랑을 주고 승지의 마음을 공감하고 지지해준 사람은 할머니였습니다. 그러한 할머니의 무한한 사랑이 승지의 감정 그릇을 채워주었기 때문에 승지도 고민을 의뢰해온 사람들의 고충을 깊이 공감할 수 있었던 것 아닐까요?

이렇듯 조부모의 화수분 같은 사랑이 손주들에게는 다른 사람들을 위로할 줄 아는 따뜻한 마음을 가진 사람으로 키워주는 자양분이 되었던 것입니다.

# 할머니도 웃고 싶다, 마법을 부려다오

고령 사회의 다른 이름은 '백세 시대'입니다. 이 말은 한 사람의 인생 주기에서 노인의 모습으로 살아야 하는 기간이 그만큼 길어졌다는 의미입니다. 사람은 누구나 자신의 인생이 행복하기를 바랍니다. 당연히 조부모들도 평균 수명이 늘어남에 따라 길어진 노년 시기를 '질적인 행복'으로 채워가고 싶을 겁니다.

조부모들이 느끼는 삶의 의미는 가족에게서 사랑을 받는다고 느낄 때 시작됩니다. 한 사람이 느끼는 존중감은 자신을 여전히 쓸모 있는 사람으로 여기는 효능감과도 관련 있고 효능감은 바로 행복의 질을 결정합니다.

《도미노 구라파식 이층집》의 몽주 할머니는 현대 사회, 가족에게서 점점 소외되어가는 조부모의 위치를 보여줍니다. 과거에 집안 대소사에 대한 모든 결정권을 가졌던 몽주 할머니였지만 이제는 장손의 분가와 입양 같은 중대한 결정도 결과만 통보받을 뿐입니다.

아이들은 부모의 뒷모습을 보며 자란다고 합니다. 부모가 아이들 앞에서 할머니 할아버지를 무시하거나 귀찮아하면 아이들 역시 조부모에 대해 부정적인 이미지를 갖습니다. 몽주 엄마 아빠는 집안에서 일어나는 중요한 일을 결정할 때 할머니와 미리 의논하지 않습니다. 몽주의 언니와 오빠는 엄마 아빠의 그런 무심함을 닮은 것 같습니다.

할머니의 독립 선언은 가족들의 관심과 지지를 받지 못하면서 쌓였던 서운함과 나이가 들어도 여전히 '필요하고 중요한 사람'이 되고 싶은 할머니의 마음을 표현하기 위한 방법이었던 건 아닐까요? 몽주는 이런 할머니를 웃게 해드리려고 친구들과 함께 마술쇼를 펼칩니다. 비록 마술에 불과했지만 마술의 힘을 빌려서라도 할머니를 중심으로 온 가족이 한자리에 모여 웃을 수 있기를 바랐습니다. 이런 몽주의 노력이 무엇을 시사하는지 깊이 생각해보면 좋겠습니다.

## 강점을 살려라, 조손 관계 윈윈<sup>win-win</sup> 작전

조부모 사랑의 가장 큰 강점은 무한한 지지와 조건 없는 사랑입니다.《맹탐정 고민 상담소》에서 자아를 찾아다니느라 딸에게 충분한 사랑을 주지 못했던 아빠를 대신해 승지의 감정 그릇을 채워준 사람은 할머니였습니다. 할머니의 변함없는 사랑과 무한한 지지는 승지를 어떤 상황에서도 흔들리지 않는 안정감 있는 아이로 자라게 했습니다.

정서적으로 안정된 아이는 자존감도 높습니다. 몽주와 승지가 바로 그런 아이들인 것 같습니다. 자존감이 높은 아이들은 실수나 실패를 하더라도 좌절하고 쓰러져 있기보다 딛고 일어서서 스스로 문제를 해결해나갈 힘을 발휘합니다.

여러 해외 연구에서도 조부모의 손주 돌봄이 갖는 긍정적 의미에 초점을 맞추고 있습니다. 영국 옥스퍼드대에서 실시한 한 연구에 따르면 할머니, 할아버지의 육아 참여가 손주의 정신적 어려움이나 친구 관계 문제의 발생 빈도를 낮추는 데 영향을 미치며[10], 조부모의 도움이 자녀의 출산 증가에도 기여[11]한다고 합니다.

독일의 한 대학병원에서 실시한 설문 조사에서도 손주 돌봄은 조부모의 건강과 정신적 만족도를 높일 뿐 아니라 가족과의 애정 어린 관계 형성에 기여하는 등 긍정적 영향을 주는 것으로 밝혀졌습니다. 하지만 이는 조부모의 돌봄이 '적절한' 수준일 때 해당합니다.

미국, 영국 등 선진국에서는 손주 돌봄으로 인한 조부모들의 상황이 사회 문제로 거론되고 있습니다. 영국이 찾은 해법은 12세 미만의 손주를 돌보는 조부모의 시간을 연금에 포함시켜 이를 사회적으로 인정하고 노년층의 경제적 손실을 보전하는 것입니다. 손주 돌봄이 증가하고 있는 우리나라에서도 이를 참고삼아 국가에서 손주 돌봄을 지원하고 돌봄의 가치를 인정하는 사회적 분위기가 마련되면 좋겠습니다.

# 사고를 확장하는 토론 논술 활동

## 자유 논제 토론

● 《도미노 구라파식 이층집》의 일구 부부는 아이를 낳을 수 있는 상황인데도 입양을 결정해 가족들을 놀라게 합니다. 이는 아직도 우리 사회에 입양에 대한 편견이 존재하고 있음을 보여줍니다. 편견 없는 입양 문화가 정착되기 위해 어떤 것이 전제되어야 하는지 자유롭게 이야기해봅시다.

●● 손주 육아에 조부모들이 참여할 때 긍정적, 부정적 영향은 무엇일까요? 손주 육아의 부정적인 영향을 줄이기 위한 방법에 대해 자유롭게 이야기해봅시다.

## 선택 논제 토론

● 몽주 엄마가 오래된 구라파식 이층집을 떠나 아파트로 이사 가고 싶어 하자 할머니는 평소 친하게 지내는 이뿐이 할머니와 함께 살 원룸을 얻어 따로 독립하겠다고 합니다. 몽주 할머니가 독립했을 때의 좋은 점과 걱정되는 점을 생각해본 후 입장을 정해 토론해봅시다.

> 할머니의 독립을 찬성한다.
> 할머니의 독립을 반대한다.

●● 2018년 보건복지부 보육 실태 조사 결과를 보면 여성의 사회 참여가 증가하면서 가정에서 영유아를 돌보는 사람의 84퍼센트가 조부모라고 합니다. 조부모들의 건강 여부에 따라 육아 기간에도 차이가 있기는 하지만 대부분 손주의 출생과 더불어 짧게는 초등학교 졸업 때까지, 길게는 중고등학교 시기까지 황혼 육아가 연장되기도 합니다. 손주를 돌보는 조부모의 황혼 육아에 대해 어떻게 생각하는지 입장을 정해 토론해봅시다.

> 조부모의 황혼 육아에 찬성한다.
> 조부모의 황혼 육아에 반대한다.

## 논술

● 2011년 여성가족부에서 실시한 '가족의 범위'를 묻는 질문에 손주들까지라고 응답한 조부모들과 달리 청소년들은 '할머니 할아버지는 가족이 아니다'라고 응답했다고 합니다. 이러한 청소년들의 인식은 갈수록 증가하는 고령 인구와의 세대 간 갈등을 일으키는 원인으로 작용할 수 있습니다. 노인 세대에 대한 긍정적 인식을 높이기 위해 각 세대(손주 세대, 부모 세대, 조부모 세대)와 사회가 노력해야 할 것은 무엇인지 논술해봅시다.

# 3부

# 우리,
# 함께 세상을
# 바라보다

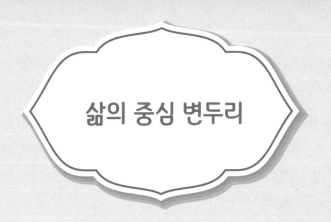

# 삶의 중심 변두리

"먼저~ 인간이 되어라~~"라는 말이 한때 유행했습니다. 사람에게 '인간'이 되라니요. 이 말이 왜 그 당시 사람들에게 유행어가 되었을까요? 아마 누군가에게 이 말을 해주고 싶은데 직접 할 수는 없고 개그맨이 TV에 나와 큰소리로 외치니 대리만족을 느꼈던 것 같습니다. 사람들은 유행어를 따라하며 외칩니다.

"인간아, 왜 인간답지 않게 사니?"

인간답지 못한 사람이란 어떤 사람일까요? 그리고 왜 이런 말을 하면서 사람들은 시원함을 느꼈을까요?

1980년대 대한민국에서는 강남 투자 열풍과 함께 강남이 대한민국의 중심이 되었습니다. 많은 사람들이 '집이나 직장이 강남에 있다면 얼마나 좋을까?'라고 생각하지만 현실은 그렇게 녹록치 못합니다.

그렇다면 중심에서 떨어진 변두리는 어떨까요? 대한민국에서 변두리는 인기가 없습니다. 그러나 강남이라는 중심보다 변두리에 더 많은 사람이 살고 있지요. 우리 대부분은 변두리 인생을 살고 있기 때문에 중심으로 가고 싶은 갈망이 더 커지는지도 모르겠습니다. 중심에 대한 갈망은 변두리를 더 초라하게 만들고 중심으로 들어가고자 하는 욕망은 돈만 좇아가는 사람들을 만들어냅니다. 편법과 불법으로 돈을 벌어들이는 사람들은 돈을 최고의 가치로 여기며 돈이면 다 된다는 가치관을 갖고 있습니다. 그래서 가지지 못한 사람들은 이들에게 '먼저 인간이 되어라'라는 유행어를 쏘아붙이나 봅니다.

1987년에 출간된 양귀자의《원미동 사람들》에서는 원미동을 멀지만 아름다운 동네라고 했습니다. 유은실의《변두리》에 나오는 황룡동도 아름다운 동네입니다. 그렇다면 1985년의 황룡동은 어떤 아름다운 모습일까요?

그 당시 대한민국의 중심부인 서울에서는 지하철 3호선과 4호선이 개통되었으며 초등학교에서 영어 교육이 시작되었습니다. 86 아시안게임과 88 올림픽을 앞둔 대한민국은 개발의 도가니에 빠져있었습니다. 개발은 모두를 위한 것일까요? 아니면 중심만을 위한 것일까요? 개발의 도가니 속 황룡동에는 어떤 사람들이 살고 있을까요?

## 우리 모두 아름다운 꿈을 꾸고 싶다

황룡동은 '특별시'에는 어울리지 않는 동네입니다. 황룡동에 있는 도축장에서 종일 내장을 손질하는 엄마와 아빠의 꿈은 부산물 가게를 여는 것이고 동생의 꿈은 도살장 초원을 지키는 카우보이가 되는 것입니다.

황룡동은 방값도 싸고 물가도 낮아 가난한 사람들이 살기 좋은 동네입니다. 거기다가 도축장에서 나온 부산물이나 시래기까지 얻을 수 있어 먹을 것까지 공짜로 해결됩니다. 배우지 못하고 연줄 없는 사람들이 일할 곳도 많지요.

족발을 파는 상숙 엄마, 돼지머리를 삶는
상숙 아빠, 칼 가는 영미 아빠, 도축장 청소
부인 수원 아빠 그리고 내장 손질을 하다가
빵 공장에서 팥을 씻는 수원 엄마. 이들은
도축장을 중심으로 모여 살고 일을 합니다.

수원은 학교에서 가정 환경 조사서를 내
라고 할 때마다 창피합니다. 엄마 아빠의
직업을 뭐라고 써야 할지 고민 하다가 예

《변두리》유은실 지음

전에 아빠가 막걸리 회사에 잠시 다녔던 기억이 나 회사원이라고 적으면
서도 찝찝해합니다.

엄마가 부산물을 사오라고 하면 친구를 만날까 봐 조마조마합니다. 부
산물을 들고 오다 친구를 만나면 부산물이 든 통을 약수라고 거짓말하기도
합니다. 한창 예민한 시기에 내장이나 간 같은 부산물이 든 통을 들고 다니
는 것이 창피했을 겁니다.

학교에서는 개학 첫날이면 집에 TV가 있는지 피아노가 있는지 등을 조
사합니다. 담임 선생님은 반 아이들에게 눈을 감으라고 하고 가전 제품 유
무를 조사합니다. 그리고 눈을 감은 아이들에게 각자 생각하는 자신의 집
안 형편을 상, 중, 하로 나누어 손을 들라고 합니다. 어떤 기준도 제시해주
지 않은 상태에서 아이들은 각자 집의 형편을 표시해야 합니다. 수원은 언
제 손을 들어야 할지 이 시간이 너무 싫습니다.

황룡동 아이들에게는 '첫꽃날'이 소풍 가는 날보다 더 좋습니다. 첫꽃날에는 김밥도 필요 없고 과자나 음료수를 사지 않아도 되기 때문이지요. 소풍날이라고 하면 맛있는 김밥과 과자를 생각하는 보통 아이들과 달리 황룡동 아이들에게 소풍날은 돈이 드는 날입니다.

온 동네 아이들이 첫 꽃을 따 먹기 위해 모여듭니다. 보통 나무보다 두 배는 빨리 자라고 가뭄과 물난리에도 강인하게 견뎌내는 아까시 나무처럼 아이들을 강인하게 만들어야 한다고 믿는 황룡동의 어른들은 아이들을 산으로 올려 보냅니다.

그런데 용지봉에서의 첫꽃날은 올해가 마지막입니다. 10층 아파트와 구민체육센터를 짓기 위해 아까시 나무 숲을 밀어내야 하기 때문입니다. 아이들은 이곳에서 나무에 매달리기, 바위 타기, 전쟁놀이, 산길 쏘다니기 등 태권도장 못지않게 운동을 합니다. 그래서인지 황룡동 아이들은 잔병치레 없이 잘 자랄 수 있었습니다.

그렇다면 새로 만드는 구민체육센터는 누구를 위한 것일까요? 구민체육센터가 없어도 황룡동 사람들은 용지봉에서 운동도 하고 건강하게 잘 지냈는데 말입니다. 숲이 없어지면 벌을 치던 아저씨들, 산에 버려진 고물과 소주병을 갖다 파는 망태 할아버지, 용지봉에서 음료수랑 칡즙을 팔던 정호 엄마, 추석 즈음에 솔잎을 팔던 사람들은 이젠 뭘 해서 벌어먹고 살아야 할까요? 수원은 이들을 걱정합니다. 숲을 밀어버리고 지어진 새 아파트로 이사 가서 부자가 되는 사람도 있지만 먹고살 길이 막막해지는 사람도 있습니다.

이런 현상은 지금도 마찬가지입니다. 개발이라는 명목으로 원주민들을 몰아내고 새로 들어서는 아파트에는 돈 많은 사람들이 들어옵니다. 원주민들은 일자리도 잃고 집도 잃을 수밖에 없습니다. 그들은 지금보다 더 변두리로 밀려납니다. 그들의 꿈은 언제쯤 이뤄질 수 있을까요?

### 남과 비교하며 살아가는 꿈

낙원동에 살 때는 대부분 형편이 비슷한 아이들과 살아서 란이는 자신이 그리 가난한 줄 몰랐습니다. 하지만 해원동에 있는 중학교로 오면서 많은 것이 달라졌습니다. 다들 사용하는 스마트폰이 없기 때문입니다. 《변두리》에서의 가난이 먹고살 게 없는 것이었다면 《창밖의 아이들》에서의 가난은 남들은 있는데 나에게 없는 것입니다.

《창밖의 아이들》 이서주 지음

못사는 중에서도 가장 하위에 속하는 가난한 아이 란이. 그런데 신기한 일은 란이가 느끼는 가난을 다른 아이들도 느끼고 있다는 것입니다. 그들은 스마트폰이 있는데도 클레어*와 비교하면서 자기들이 가난하다고 느낍니다. 최신 아이폰을 사용하고 기사가 운전하는 차를 타고 등교하는 클레어를 보면서 자기들은 가난하다고 생각합니다. 비교에 의한 가난은 아이들을 더 비참하게 만듭니다.

최근 선진국에서는 이러한 상대적 빈곤을 금전적 결핍 여부로만 판단하지 않습니다. 주거, 환경, 교육, 문화 등 다양한 영역에서의 결핍과 사회적

---

• 예술이라는 이름이 있지만 200만 원이 넘는 몽클레어 패딩을 입고 다니면서 클레어가 되었다.

으로 배제된 부분 또한 상대적 빈곤의 기준으로 두고 있습니다.

란이의 담임 선생님은 그녀에게 꿈이 무엇인지 묻습니다. 갑작스러운 질문에 란이는 어떻게 말을 해야 할지 당황스럽습니다. 담임 선생님은 란이의 손을 잡고 포기하지 말라고 합니다. 무엇을 포기하지 말라는 것인지 모르겠지만 란이는 그냥 고개를 끄덕입니다.

집안 형편이 어려운 학생을 대하는 교사의 태도를 보면 예나 지금이나 변함이 없습니다. 김려령의 《완득이》에 나오는 담임 선생님은 수급품을 안 가져가는 아이들에게 큰소리로 이야기합니다.

"가난이 쪽팔린 게 아니라 굶어서 죽는 게 쪽팔린 거야."

완득이는 자신의 체면을 생각하지 않는 담임 선생님이 마음에 들지 않습니다. 란이의 담임 선생님도 란이의 처지를 이해해주는 것 같지만 정작 도움은 안 됩니다. 그런 담임 선생님이 란이는 마음에 들지 않습니다.

'사우스페이스'라는 글자와 로고가 달린 패딩을 사 와서는 입으라고 내미는 할머니, 직장에서 해고된 후 아무 일도 하지 않고 집에만 있는 아버지가 란이의 가족입니다. 란이는 갈빗집에서 하루 일당을 벌어오는 할머니에게 손을 벌릴 수 없어 아르바이트를 하기로 하지만 일을 찾기도 쉽지 않고 일한 돈을 받기도 어렵습니다.

란이는 아버지를 보며 남들처럼 아침에 출근해서 저녁에 퇴근하고 한 달에 한 번씩 월급을 가져다주는 게 어려운 일인지, 월급날에 삼겹살도 구워 먹고 고등학교에 올라가는 딸에게 스마트폰 하나 사주는 일이 그렇게 힘들고 버겁다면 자식 낳는 걸 너무 쉽게 생각한 건 아닌지 생각해봅니다.

란이는 자기를 버린 엄마, 콩이를 낳고 자살한 미혼모 정아 언니를 보며 아이를 절대 낳지 않겠다고 결심합니다. 나팔관 수술을 하면 아이를 갖지 못한다는 사실을 알고 수술을 하기 위해 돈을 모읍니다. 란이는 아기를 낳을 수 없는 몸이 되고 싶어 합니다. 자식을 쉽게 낳고 무책임하게 행동하는 어른들을 보면서 아이를 낳을 수 없는 몸으로 만들어 무책임한 어른들에게 책임 있는 모습을 보여줘야겠다고 생각합니다.

# 부자 아빠와 가난한 아빠

《변두리》에 나오는 수원 아빠는 술만 먹으면 남의 집 빨래를 훔쳐 옵니다. 그러다가 속옷까지 훔쳐 오면서 변태 소리까지 듣지만 가족을 위해서라면 무슨 일이든 가리지 않고 합니다.

수원은 동생 수길과 들통에 부속물을 들고 오다가 건널목에서 친구를 만납니다. 수원은 창피한 마음에 빨리 가려는데 수길이 들통을 잡아채는 바람에 들통 안에 든 것들이 바닥에 쏟아졌습니다. 수원은 창피함을 무릅쓰고 손에 냄새가 배도록 간과 내장을 주워 담습니다.

한편 화가 난 누나에게 뺨을 맞은 수길은 울면서 집에 들어갑니다. 빨개진 수길의 얼굴을 보고 아빠는 화가 났습니다. 누나에게 미안했던 수길은 운동화가 커서 넘어졌다며 거짓말을 합니다. 아빠는 화가 나서 수길의 운동화를 칼로 박박 그어버립니다.

"어… 아빠… 학교는 뭐 신고…."

찢겨진 운동화를 본 수길은 더 크게 웁니다. 오로라 공주가 그려진 수길의 운동화는 누나가 신던 거였지만 수길에게는 하나밖에 없는 운동화입니다. 아빠는 그날 이후로 아이들에게 심부름을 시키지 않고 직접 부속물을 사러 갑니다. 가난하지만 아이들을 사랑하는 아빠입니다.

《창밖의 아이들》에는 두 아빠가 나옵니다. 란이 아빠와 클레어 아빠입니다. 란이 아빠는 직장에서 해고된 후 집에만 틀어박혀 있으면서 말도 안 합니다. 그래서인지 란이는 '아빠'라고 부르지 않고 '남자'라고 부릅니다. 미래는커녕 현재조차 없는 란이 아빠는 공황장애인지 무기력인지 어른 같지 않은 무책임한 모습만 보여줍니다.

클레어의 아빠는 산부인과 의사입니다. 돈은 많지만 아이를 손으로 때리고 말로도 때리는 아빠입니다. 그래서 클레어는 아빠에게 복수하겠다는 마음에 아빠의 병원에서 불법 낙태 수술을 한다고 고발하려다 잡혀 혼이 납니다. 명품 옷을 입고 고급 아파트에 살지만 마음은 시궁창 같습니다. 돈이 아무리 좋아도 내 부모처럼 살지 않겠다고 다짐합니다. 그러고는 마음을 시궁창으로 만들지 않기 위해서 집을 나오기로 합니다.

돈도 없고 사랑도 없는 아빠와 돈은 많지만 사랑은 하나도 없는 아빠입니다. 란이와 클레어에게 아빠는 어떤 존재일까요?

# 변두리에만 있는 아름다움

《변두리》에 나오는 등장인물들은 서로를 지지하고 응원해줍니다. 첫꽃날에 산에서 떨어져 머리를 다친 수길의 병원비를 걱정하는 엄마를 위해 수원은 그동안 모아두었던 1,100원을 저금통에 슬그머니 넣어둡니다. 그리고 저금통에 생각보다 돈이 많다고 반색하는 엄마를 보며 미소 짓습니다.

폐병으로 힘들어하는 아줌마의 커피 수레를 같이 밀어주고 보리차 한 잔이라도 더 팔면 아줌마에게 도움이 될 것 같아 수원은 보리차가 떨어지면 아줌마가 시키지도 않았는데 다른 집에 보리차를 얻으러 갑니다. 그러면 그 집에서는 보리차와 함께 냉동실에 있는 얼음까지 챙겨줍니다.

첫 꽃이 정력에 좋다고 몰래 산에 올라가 꽃을 따 먹다 들킨 밤벌레 할아버지 일은 아빠가 술 먹고 반장 아줌마 빤스를 훔친 일보다 더 창피한 사건이 되어버립니다.

할아버지가 꽃을 따 먹으러 산에 올라간 사실을 모든 아이가 알고 있지만 할머니와 할아버지를 욕하거나 따지는 사람은 아무도 없습니다. 마을 사람들과 아이들은 할머니와 할아버지의 행동을 보면서 그저 웃음 지을 뿐입니다.

《창밖의 아이들》에서는 아침 6시부터 밤 10시까지 김밥을 싸며 일하는 청주댁이나 먹고살기 위해 종일 갈비 찌꺼기를 닦아내는 할머니, 손주 콩이를 보면서도 일을 찾는 옆집 아줌마가 나옵니다. 이들은 늘 열심히 일하지만 언제나 그 자리입니다. 아니 열심히 일하기 때문에 나락으로 떨어지지 않은 것 같다는 생각도 듭니다.

늘 그 자리를 유지하기 위해 애쓰는 사람들이지만 이들은 옆에 있는 사람들을 챙기려고 애를 씁니다. 밥하기 싫다며 갑자기 란이네 집에 밥을 먹으러 오는 옆집 아줌마를 위해 반찬은 없지만 늘 밥솥에 밥을 가득 해두는 할머니, 패딩도 없이 나가는 란이를 위해 죽은 딸이 입던 패딩과 신발을 선뜻 내주는 옆집 아줌마, 란이 할머니와 란이를 위해 반찬을 챙겨주는 청주댁 아줌마, 불법 체류자인 민성이 잘 곳이 없다는 것을 알고 잠을 재워주는 란이네 식구들을 보면서 란이는 중요한 사실을 깨닫습니다.

부자들은 혼자서도 살 수 있지만 가난한 사람들은 서로 도와야 살 수 있습니다. 다른 사람에게 식탁 의자를 내어주고 숟가락을 놓아주면서 말입니다. 란이는 그런 사실이 슬프기도 하지만 다행이라고 생각합니다.

먹고살기 위해서 자신에게 주어진 일을 열심히 해내는 것은 대단한 일입니다. 불쌍하다는 생각보다 열심히 사는 그들에게 박수를 보내줘야 합니다. 그들을 불쌍하다고 여기는 것은 잘못된 오만입니다.

《변두리》와 《창밖의 아이들》은 변두리에 사는 사람들의 이야기입니다. 중심에서 벗어난 삶은 가난과 함께하는 삶입니다. 가난 때문에 조금 불편하긴 하지만 초라해져서는 안 됩니다. 하지만 우리는 가난 때문에 초라해집니다.

과거와는 다른 사회 구조 속에서 오늘날의 가난은 그 모습이 달라졌습니다. 1985년을 배경으로 하는《변두리》에 나타난 가난과《창밖의 아이들》에 나타난 2015년 이후의 가난은 차이가 있습니다. 산을 밀어버리고 그 위에 세워진 아파트에 사는 사람들과 아파트에 살지 못하는 사람들은 처음에는 차이를 조금밖에 느끼지 못했지만 30년이 지나는 동안 많은 차이가 생깁니다. 함께 성장하지 못하고 한쪽만 발전된 상태에서 나타난 가난의 모습을《창밖의 아이들》은 보여주고 있습니다.

일자리를 잃은 란이 아빠는 무기력한 상태에서 벗어나지 못해 아무 일도 할 수 없습니다. 나이 많은 란이의 할머니가 가족의 생계를 책임질 수밖에 없습니다. 청소년인 란이가 할 수 있는 아르바이트는 한정되어 있고 그나마 일자리를 구했지만 최저 임금마저도 주지 않으려는 악덕 사장들 때문에 돈도 제대로 받지 못합니다. 불법 체류자인 민성은 돈을 벌기 위해 중국에서 우리나라로 왔지만 잘 곳이 없어 찜질방을 전전하는 청소년입니다. 가난한 집에서 벗어나기 위해 애를 쓰다가 갑자기 생겨버린 아이를 미혼모로 키우기보다는 죽음을 선택하는 정아 또한 함께 살아가야 하는 우리의 이웃입니다.

이들에게 왜 돈이 없냐고 할 수 있을까요? 부자들은 더 부자가 되어가는 사회 구조 속에서 함께 살아가야 하는 가난한 사회 구성원들에 대해 생각하지 않는다면 부자들은 지금보다 더 부자가 될 수 없을 겁니다.

가난 때문에 죽음을 선택하는 사회가 되지 않기 위해서는 서로에게 관심을 두고 살아야 합니다. "먼저~ 인간이 되어라~~"라는 어느 개그맨의 유행어처럼 돈보다는 사람을 더 중요하게 여기는 사회가 되었으면 합니다.

# 사고를 확장하는 토론 논술 활동

## 자유 논제 토론

● 《변두리》의 담임 선생님은 아까시 나무처럼 살아보겠다고 새벽부터 산에 올라가는 사람들을 어리석은 미신이나 믿는 사람이라고 하며 식민지 잔재의 행동을 하고 있다고 혀를 찹니다. 하지만 마을 사람들은 산에 올라가는 행사를 축제처럼 생각합니다. 황룡동 사람들과 담임 선생님의 입장이 되어 '첫꽃날' 행사에 대해 의견을 나눠봅시다.

●● 《창밖의 아이들》에서 아빠의 병원을 고발해주면 돈을 주겠다는 클레어의 제안을 란이는 받아들입니다. 란이의 행동은 올바른 선택일까요? 의견을 나눠봅시다.

## 선택 논제 토론

● '가난은 개인의 책임이다'라는 주제로 토론해봅시다.

> 가난은 개인의 책임이다.
>
> 가난은 개인의 책임이 아니다.

●● 때리지는 않지만 밥을 주지 못하는 란이 아빠와 밥은 주지만 폭력

을 행사하는 클레어 아빠가 있습니다. 만약 나라면 어떤 아빠를 선택할지 근거를 들어 토론해봅시다.

> 때리지만 맛있는 음식을 먹을 수 있게 해주는 아빠
>
> 때리지는 않지만 밥 한 톨 주지 않는 아빠

## 논술

● 란이는 커서 무엇이 될지 생각해봤지만 머릿속에 그려지는 게 없었습니다. 그러나 무엇이 되든 무책임한 어른은 되고 싶지 않다고 생각했습니다. 여러분은 어떤 어른이 되고 싶나요? 지금 어른들을 보면서 꼭 지켜줬으면 하는 중요한 가치에 대해 논술해봅시다.

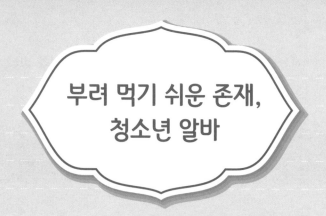

# 부려 먹기 쉬운 존재,
# 청소년 알바

　대학 입시라는 큰 관문을 목전에 두고 있는 학생들에게 어른들이 가장 많이 하는 말은 "대학 가면 해!"입니다. 지금은 공부에만 전념하라는 어른들의 강압에 정작 대학생이 되어 해외 여행, 미팅, 동아리 활동 등 하고 싶은 일들을 하려다 보니 만만치 않은 비용이 발목을 잡습니다. 물론 부모님의 도움을 받을 수 있는 학생들은 걱정이 없겠지만 대부분의 학생은 아르바이트로 이 문제를 해결해야 합니다. 또 자신이 하고 싶은 것을 하려고 아르바이트를 하는 학생도 있지만 먹고살기 위해 일을 해야 하는 생계형 아르바이트도 있습니다.

　요즘은 중고등학생들도 아르바이트를 많이 합니다. 몇 살부터 아르바이트를 할 수 있는지 알고 있나요? 법정 후견인의 동의가 있는 경우 만13세 이상이면 아르바이트를 할 수 있습니다. 만18세 이상이면 별도의 서류 없이도 일할 수 있습니다.

　2022년 최저 임금이 얼마인지는 아나요? 청소년 아르바이트생도 노동 계약서를 작성하고 산재 보험이나 주휴 수당도 보장받을 수 있다는 이야기를 들어본 적 있나요? 학교에서 안 가르쳐주었다고요? 그러면 이들은 이런 것들을 어디서 배워야 하나요? 여기 이런 상황을 모르고 아르바이트를 시작한 청소년들의 이야기가 있습니다.

## 사장님은 알바생이 그렇게 만만해요?

정연의 꿈은 미대에 진학하는 것입니다. 하지만 어려운 집안 형편과 주변의 반대 때문에 스스로 학원비를 벌어 준비해야 합니다. 정연은 신문 배달과 패스트푸드점에서 일을 해보았지만 녹록지 않습니다. 신문 배달은 아침잠과 씨름해야 하고 비가 오는 날에 넘어지기라도 하면 온몸이 아파 움직이기도 힘이 듭니다. 패스트푸드점에서 일하면 뜨거운 불판 앞에 있어야 하고 음식을 튀

《편순이 알바보고서》 박윤우 지음

길 때 손등에 기름 튀는 일이 많습니다. 간혹 병원 치료를 받아야 할 정도로 심한 상처를 입기도 합니다. 정연은 다시는 육체노동을 하지 않겠다고 다짐하지만 결국에는 돈 때문에 다시 할 수밖에 없습니다.

친구의 소개로 시작한 편의점 알바는 이전 알바에 비해 위험하지도 않고 크게 힘들 것 같지 않습니다. 그런데 그곳에서 일하는 다른 알바생이 편의점 사장에 대해 이야기해줍니다. 월급을 떼먹지는 않지만 밀려서 주기 때문에 월급을 포기하고 나간 아이들이 있다고 합니다. 이해가 안 되는 상황이지만 설마 하는 마음으로 정연은 아르바이트를 시작합니다.

그런데 갑자기 엄마가 아파 입원을 합니다. 돈밖에 모르고 평소 치킨 한 마리 사주지 않던 엄마가 병원에 간다고 하니 정작 자신만 생각했지 엄마의 마음은 생각하지 못한 것 같아 미안해집니다.

학원비를 내려고 통장을 찍어보는데 통장이 텅 비어있습니다. 월급 이야기를 했더니 사장 사모는 정연에게 말합니다.

"뭘 잘했다고 월급 타령을 해? 하여튼 막돼먹은 게 돈만 밝혀."

사장 사모는 말이 안 되는 소리만 합니다. 아빠의 월급은 엄마의 수술비로 들어가고 정연과 동생은 어디다 손 벌릴 데가 없는 처지입니다. 그런데 사장은 들은 체도 안 합니다.

이런 상황을 어디에 이야기하고 도움을 청해야 할지 몰라 당황하던 정연은 청소년지원센터와 노무사 사무실을 찾아다니며 월급을 받아보려고 합니다. 하지만 노무사 사무실이 어디에 있는지. 노동부는 또 어디인지, 학교에 다니는 학생이 임금 지급 소송을 할 수 있는지…. 이 모든 일을 혼자서 감당하기는 힘듭니다.

분쟁조정실에서 만난 사장은 조정관 앞에서는 다 해주겠다고 약속합니다. 하지만 조정실을 나오자마자 딴소리를 하네요. 강제성이 없는 종잇조각이라며 약속한 내용이 쓰여진 종이를 정연 앞에서 찢어버립니다. 걱정이 되어서 따라온 영준은 이 모든 상황을 촬영합니다. 사장은 고발하려면 하라고 큰소리 치며 난리를 피웁니다.

정연은 영준이 편의점에서 왜 그리 열심히 일하는지 이해가 안 갑니다. 알고 보니 영준은 월급을 제때 못 받는 대신 편의점 물건을 빼돌려 팔고 있었습니다. 영준은 자신의 권리만 챙기는 부도덕한 인물일까요? 이것을 알게 된 사장은 갈데없는 아이를 2년 넘게 데리고 있었는데 몹쓸 짓을 했다며 노발대발합니다.

적반하장도 유분수지 사장의 태도에 기가 막힌 정연은 영준이 찍은 동영상을 자신의 브이로그에 올려버립니다. 타협은 없다던 사장이 동영상이 올라간 것을 보고 영상만 내려주면 영준의 도둑질을 눈감아주겠다고 합니다. 영준에게 신세 진 것을 생각하면 동영상을 내리는 건 아무것도 아니라며 정연은 삭제 버튼을 누릅니다. 정연은 일이 다 해결되어 시원할 줄 알았는데 상처에 붙은 딱지가 떨어지듯이 마음이 알알하고 쓰립니다.

### 내가 열심히 하지 않아서가 아니었다

박 사장 아저씨네 피자집은 실수해도 괜찮고 조바심치며 빨리 달릴 필요도 없고 항상 따뜻한 밥을 챙겨줍니다. 하지만 박 사장 아저씨는 최저 시급을 맞춰주지 않습니다.

나는 할머니와 함께 살아야 하므로 돈이 필요합니다. 그래서 열심히 하면 한 달에 300만 원은 벌 수 있다는 '배달 119'에 마음이 갑니다. 박 사장님 아저씨가 그동안 잘해주신 것은 알겠지만 돈이 더 급하기 때문입니다.

《곰의 부탁》중 〈헬멧〉, 진형민 지음

철규 형은 나를 찾아와 배달 일을 같이하자고 합니다. 배달 대행은 열심히 일한 사람은 많이, 적게 일한 사람은 적게, 딱 자기가 일한 만큼 벌 수 있는 정직한 직업이라며 하루 10만 원은 거뜬히 당길 수 있다고 말합니다. 그 말을 철석같이 믿고 박 사장 아저씨네 피자 가게를 그만둡니다.

하지만 배달 119에서 매일 10만 원을 벌기는 쉽지 않습니다. 비가 오면 오토바이 속도를 낼 수 없어 맑은 날보다 시간이 두 배나 더 걸립니다. 또 스포츠 경기가 매일 있는 것도 아니라서 일은 들쭉날쭉합니다. 내가 열심히 하지 않아서가 아닙니다.

얼마 전까지 같이 일하던 형이 보이지 않습니다. 오토바이를 타고 사거리를 돌다가 미끄러져 많이 다쳤다고 하더니 중환자실에 한 달 있다가 죽었다고 합니다. 사무실에서는 보호 헬멧을 쓰든 말든 누구도 간섭하지 않습니다. 딱지를 떼든 사고가 나든 전부 자기가 알아서 해야 합니다. 철규 형이 쓴 계약서에 그렇게 쓰여있기 때문입니다. 같이 일하던 사람이 죽든 말든 상관없이 돈만 벌기 위해 일하는 라이더들을 보면서 이렇게까지 일을 해서 돈을 버는 게 맞는지 다시 생각해봅니다.

태호는 나에게 돈이 전부가 아니며 세상에 박 사장 아저씨 같은 사람이 없으니 피자 가게로 다시 가라고 합니다. 나도 다시 가고 싶습니다. 하지만 세상에 둘도 없이 좋은 사람이라고 해도 남들 다 받는 최저 시급도 못 받고 일할 수는 없습니다. 그래서 나는 철규 형의 오토바이를 다시 탑니다. 지금까지 무사했던 것처럼 오늘도 무사히 지나기를 바라며 하루하루 살아가야 합니다.

## 사회적 약자, 청소년 알바

국가인권위원회가 2020년 아동인권보고대회에서 발표한 청소년 노동 인권 상황 실태 조사 결과를 보면 생활비를 마련하기 위해 일한다고 답한 응답자가 62.5퍼센트였습니다.[12]

두 작품에 등장하는 주인공들도 생활비를 벌기 위해 편의점과 배달 일을 합니다.《편순이 알바보고서》의 정연은 엄마의 병원비 때문에 본인이 생활비와 미술 학원비를 감당해야 합니다. 〈헬멧〉의 '나'도 돈 생각 안 하고 살 수 있으면 좋겠는데 그럴 수가 없어서 힘이 듭니다. 그런데 아르바이트를 하면서 이런 문제들이 해결되어 잠시 행복했습니다.

청소년 아르바이트생들을 가장 힘들게 하는 것은 고용주들이 이들의 상황을 악용한다는 것입니다. 편부모이거나 조부모와 사는 아르바이트생들은 부모의 동의서를 받아오기 힘들 수 있습니다. 이런 상황을 악용해 월급을 깎거나 벌금이나 위약금 핑계로 월급의 일부를 제하고 줍니다. 애초에 근로 계약서를 쓰지 않았기 때문에 본인이 생각한 돈보다 적게 받아도 대응할 방법을 몰라 그냥 당할 수밖에 없습니다.

아르바이트생들을 힘들게 하는 또 다른 요인은 갖가지 모욕을 견뎌야 하는 것입니다. 폭언, 폭행, 성희롱, 성폭력 등의 경험 여부를 묻는 국가인권위원회의 조사 결과 '야, 너 등의 호칭과 반말, 무시'가 41.8퍼센트로 가장 많았고 '욕설, 폭언, 막말 등의 경험'이 28.3퍼센트, '성적 수치심, 굴욕감을 느끼게 하는 말과 행동'이 11.4퍼센트에 달했습니다.[13]

《편순이 알바보고서》의 정연도 손님이 거스름돈을 받고도 받지 않았다고 하는 바람에 CCTV를 확인하기 전까지 손님의 막말을 들어야 했습니다. 패스트푸드점에서 일했던 청소년은 주방에서 빵을 조금 태웠다는 이유로 탄 빵을 입에 쑤셔 넣는 '가르침'을 받았고, 배달 일을 했던 청소년은 태풍을 뚫고 배달을 다녀왔는데도 '빨리빨리' 재촉만 하는 사업주를 보면서 '죽으라는 건가?'라는 생각까지 들었다고 합니다.[14]

이처럼 청소년 노동자들의 모욕은 일상이 되었습니다. 그런데도 항의하는 방법을 찾기보다는 참고 계속 일을 해야 합니다. 내가 받는 임금이 사회에서 최저이다 보니 나의 신분도 최저 하층민이 된 것처럼 행동하는 데 익숙해집니다. 상대는 나에게 꼬

박꼬박 반말을 해대고 나는 '손님' '고객님'같이 '님'자를 붙여가며 응대합니다.

이러한 상황에 지속적으로 노출된 청소년들은 자신을 보잘것없는 존재로 여기고 스스로 체념하게 됩니다. 부당한 상황에 맞선 저항은 오히려 본인을 더 힘들게 할 것이라고 단정 짓고 스스로 소극적이고 수동적으로 대응합니다.


## 위험을 감수하고 배달되는 음식들


코로나19라는 특수한 상황이 지속되면서 배달이 많아졌고 이에 발맞춰 배달 대행업체가 생겨났습니다. 이러한 배달 대행업체는 아르바이트생에게 오토바이를 빌려주고 사용료와 보험료, 기름 값을 받으며 일을 시킵니다. 하루 12시간 이상, 40~50건의 일을 해도 10만 원 벌기가 빠듯합니다. 하지만 당장 생활비가 필요한 사람들에게는 이만한 일도 없습니다.

〈헬멧〉의 '나'는 비가 오는 날 배달을 나갑니다. 신호에 걸려 멈춰 서 있는 동안 빗물이 머리카락을 타고 흘러내립니다. 팔뚝으로 눈가를 문지르며 옆에 서 있는 자동차 안을 봅니다. 자동차를 타고 있는 사람들은 아무도 비를 맞지 않습니다. 웃으면서 이야기를 하는 그들을 보면서 무슨 생각을 했을까요? 신호가 바뀌어서 엑셀을 당기는데 미끄러운 길 때문에 오토바이가 휘청합니다.

생활 전선에 뛰어들어 돈을 벌어야 하는 주인공에게 비가 오는 날은 힘든 날입니다. 비가 오면 길이 미끄러운 데다가 평소보다 교통도 더 막힙니다. 거기에 비까지 맞으며 음식이 식지 않게 빨리 배달해야 하기 때문에 목숨을 내놓고 일을 하는 상황과 다를 바가 없습니다.

배달 대행업체가 더 많은 수익을 올리려면 많은 음식점과 가맹을 맺어야 합니다. 음식점이 많아지면 배달 일을 하는 청소년들은 먼 거리를 빨리 이동해야 합니다. 점점 더 위험해질 수밖에 없는 상황이죠. 실제로 음식 주문과 같은 배달 서비스가 증가하면서 오토바이 및 이륜차로 인한 교통사고 사망자가 지난해(233명)보다 많은 265명으로 13.7퍼센트 증가했다고 합니다.[15]

그러면 이런 위험한 상황에서 사고가 나면 책임은 누구에게 있는 것일까요? 인천의 한 배달 대행업체에서 일했던 청소년 노동자들이 배달 대행업체 대표가 근로기준법을 위반했다고 노동청에 진정을 제기하자 노동청은 "해당 업주와 오토바이 배달 청소년은 고용주와 고용인의 종속 관계가 아니다"라며 종결시켰습니다.[16]

그렇다면 배달 청소년은 고용인이 아니고 사업주라는 말인가요? 배달 청소년들은 오토바이를 대여하고 보험료와 기름 값을 내고 일을 하므로 고용인이 아니라 개인 사업자로 분류되어서 이런 판결이 나온 겁니다. 청소년 노동자들에게 교묘한 굴레를 씌워 배달 대행업체만 유리해진 것입니다.

우리 주위에는 대학에 가기 위해 공부하는 청소년도 있지만 먹고살기 위해 목숨을 내놓고 일하는 청소년이 있다는 사실을 잊지 말아야 합니다.


## 공정한 노동의 대가

《편순이 알바보고서》에서도 못 받은 아르바이트비를 받기 위해 만난 근로 감독관이 해줄 수 있는 일은 서로 합의를 보는 것까지이며 더 강력한 것을 원한다면 법적인 절차를 밟고 형사 고발을 해야 한다고 합니다. 형사 고발을 하려면 비용이 들고 학업이나 일상생활을 다 제쳐두어야 하니 쉽지 않습니다. 시간과 비용을 들여 형사 고발을 해서 돈을 받는 것보다 다른 일을 해서 돈을 버는 것이 더 나을 수도 있습니다.

정연은 큰 기대를 하고 근로 감독관을 만나지만 별 소득은 없어보입니다. 형사 고발, 민사 소송 등 도무지 알 수 없는 말만 하는 근로 감독관은 도와주기보다는 형식적으로 실태 조사만 하는 것 같아 힘이 빠집니다. 이런 상황을 아는 사장은 근로 감독관 앞에서는 돈을 줄 것처럼 굽실거리더니 나오자마자 종이를 찢으며 이런 종이는 아무 효력이 없다고 소리를 지릅니다.

법은 모두에게 공평하다고 배웠는데 그날 정연이 경험한 법은 약자인 청소년들에게는 적용되지 않습니다. 과연 노동법은 청소년들에게는 제외 대상이 되는 건가요?

아르바이트안심신고센터와 근로 감독관은 청소년에게 실질적인 도움이 되지 못합니다. 절차를 밟아가며 신고해야 하는데 그 과정이 청소년이 하기에는 쉽지 않고 근로 감독관은 수가 적다는 이유*로 형식적인 감시 기능만 하고 있습니다.

현재 청소년은 아르바이트를 하면서 겪는 부당한 대우나 받지 못한 월급을 받기 위해 도움을 청할 곳이 절대적으로 부족한 상황입니다. 일하는 청소년들의 환경을 파악하고 그들이 건강하게 일할 수 있는 환경은 교육 환경 못지않게 중요합니다. 노동 환경도 인간의 기본적인 권리를 만들어주는 곳이기 때문입니다.

우리나라 헌법 제32조에 의하면 "노동자의 기본권 보장과 청소년들의 근로는 특별한 보호를 받아야 한다."고 명시되어 있습니다. 하지만 우리 사회는 아르바이트하는 학생들을 올바른 시선으로 보기보다는 공부도 안 하고 딴짓을 하는 학생으로 보는 경우가 많습니다.

청소년 아르바이트생들은 보호받아야 할 노동자입니다. 청소년 노동자들이 처음으로 접하게 되는 경험은 불합리하고 모순

---

* 현재 근로 감독관 1인이 월평균 처리해야 하는 신고 사건은 평균 45.4건인 것으로 나타났다. 근로 감독관들이 적정하다고 생각하는 월 신고 사건 건수는 평균 25.8건이다. - 출처 : 송민수(2016.11), 〈월간 노동리뷰〉, '근로 감독관의 업무 강도 현황'

투성이였습니다. 어른들은 일하는 청소년들을 제대로 대해주지 않고 이들을 보호하기보다는 자신의 이익부터 생각합니다. 이런 모습은 미래의 노동 시장을 차지할 청소년들에게 노동자의 권위를 낮게 보는 사회적 인식과 부당함을 심어줍니다.

학교에서는 학생 인권에 대한 교육은 하지만 정작 청소년 노동자에 대한 권리 교육은 소수의 학교에서만 하고 있습니다.* 정당한 권리 주장과 부당한 조건에 대한 문제 해결을 청소년 스스로 해야 하는 처지입니다.

"학생들에게 왜 노동의 권리와 의무를 가르치지 않았을까요?"

우리가 이 사회를 살아가려면 노동은 꼭 필요합니다. 일을 통해 사회를 이루고 중요한 가치를 만들기 때문입니다. 하지만 현실은 노동을 통한 즐거움보다 고통이 더 큽니다.

노동이 왜 고통스러워졌을까요? 공정한 대우를 받지 못한다고 생각하기 때문입니다. 정해진 규정에 따라 일하고 일하는 만큼 정당한 대우와 휴식의 시간을 가질 수 있을 때 노동자들은

---

* 우리나라 특성화고등학교에서는 재학생들이 졸업 후 견습 및 실습 과정에서 경험할 수 있는 다양한 법적 관계에 대해 미리 학습할 기회를 제공한다. 하지만 일반 고등학교에서는 적은 수의 학교에서만 이에 대한 교육을 하고 있다. 우리나라 진로 교육에서도 근로 기준, 일과 일 경험의 가치, 노동 인권 등에 관한 내용이 포함될 수 있도록 관련 방안을 모색해야 한다. 독일은 실업학교(Realschule: 우리나라의 특성화중·고등학교에 해당) 교육 과정에서 노동 보호와 관련된 교육을 '정치(Politik)' 과목에서 다룬다. 5학년과 6학년을 대상으로 민주주의 사회에서 아동과 청소년의 권리와 의무에 대해 교육한다. 또한 7학년부터 10학년까지는 직업과 노동 세계에 대한 주제에서 학생들이 실습생이나 견습생 과정을 거치게 될 때 고용인과 피고용인 간의 법적 관계에 대한 내용을 배운다.
- 출처 : 황여정, 김정숙, 이수정, 변정현, 이미영, 안시영(2015), 청소년 아르바이트 실태 조사 및 정책 방안 연구

공정하다고 생각할 것입니다. 이렇게 공정한 사회가 된다면 노동자에 대한 차별은 없어질 것이며 노동의 즐거움과 함께 노동자의 가치 또한 높아질 것입니다.

# 사고를 확장하는 토론 논술 활동

## 자유 논제 토론

● 　청소년 알바 십계명을 보고 고쳐야 할 부분이나 첨가하고 싶은 부분을 찾아봅시다.

---

### 청소년 알바 십계명

1. 만15세 이상 근로가 가능해요.

2. 부모 동의서와 나이를 알 수 있는 증명서가 필요해요.

3. 근로 계약서를 반드시 작성해야 해요.

4. 성인과 동일한 최저 임금을 적용받아요.

5. 하루 7시간, 일주일에 40시간 이상 일할 수 없어요.

6. 휴일에 일하거나 초과 근무를 했을 경우 50퍼센트의 가산 임금을 받을 수 있어요.

7. 일주일을 개근하고 15시간 이상 일을 하면 하루의 유급 휴일을 받을 수 있어요.

8. 청소년은 위험한 일이나 유해 업종의 일을 할 수 없어요.

9. 일을 하다 다치면 산재 보험의 치료와 보상을 받을 수 있어요.

10. 청소년 신고 대표전화 1644-3119

- 출처 : 고용노동부 알바 10계명

---

●● 배달 아르바이트생의 보험 정책과 같은 관련 법 또는 제도 전반에서 개선해야 할 점에 대해 이야기를 나눠봅시다.

> 배달업체는 근로자의 업무상 재해 발생 시 처리를 위해 관련법상 산업 재해 보상 보험을 들고 있지만, 쿠팡이츠의 경우 배달 시간 월 118시간, 월수입 120만 원 이상일 경우에 한해서만 보상해줍니다. 일정 시간 이하로 배달하다가 사고가 생기면 오롯이 본인 몫입니다. 또 운송 수단이 배달업체 소속이 아니기 때문에 대인·대물 피해가 발생하면 개별 민간 보험으로 처리해야 합니다.
>
> - 출처 : 〈중앙일보〉 2021년 5월 11일 자

## 선택 논제 토론

● 〈헬멧〉의 주인공은 최저 시급도 못 받지만 마음 편히 일할 수 있는 박 사장 아저씨네 피자 가게로 가야 할까요? 입장을 정해 토론해봅시다.

> 박 사장 아저씨네 가게로 가야 한다.
> 박 사장 아저씨네 가게로 가지 말아야 한다.

●● 《편순이 알바보고서》에서 월급을 받지 못하는 영준이 생활비를 마련하기 위해 편의점의 물건을 빼돌립니다. 영준의 행동에 대해 어떻게 생각하나요? 입장을 정해 토론해봅시다.

> 찬성 　　반대

## 논술

● 우리나라 청소년 아르바이트의 문제점을 알아보고 개선해야 할 점에 대해 논술해봅시다.


●● 정연은 영준이 편의점에서 왜 그렇게 열심히 일하는지 이해가 안 갑니다. 알고 보니 영준은 월급을 제때 못 받는 대신 편의점 물건을 빼돌려 팔고 있었습니다. 영준은 자신의 권리만 챙기는 부도덕한 인물일까요? 이것을 알게 된 사장은 갈데없는 아이를 2년 넘게 데리고 있었는데 몹쓸 짓을 했다며 노발대발합니다. 영준과 사장의 입장이 되어 논술해봅시다.

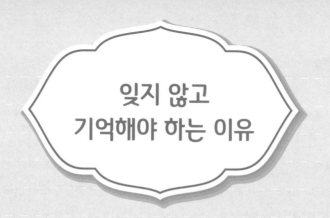

## 잊지 않고
## 기억해야 하는 이유

노란색은 봄, 개나리, 입학하는 아이들과 같이 희망을 상징합니다. 그런데 언제부터인지 아픔의 색이 되었습니다. 누군가의 가방에 달린 노란 리본을 보면 돌아오지 못한 사람들이 생각나기 때문입니다. 무사 귀환을 바라면서 기다린 지 7년. 우리의 바람과 달리 아직도 찾지 못한 이들이 있습니다.

2014년 4월 16일. 커다란 배가 물속에 잠기는 모습이 TV 화면에 나옵니다. 단원고 학생들이 수학여행을 가던 중 그들이 타고 가던 배가 진도 앞바다에서 가라앉고 있다는 보도와 함께 '전원 구조'라는 자막이 뜹니다. 이런 상황이라면 해경의 커다란 배뿐 아니라 이순신함, 장보고함 같은 커다란 함정과 함께 헬리콥터도 더 많이 와서 아이들을 구조해야 하는데 사고 현장에는 헬리콥터 한 대와 작은 배만 주변을 배회하고 있습니다. '왜 더 안 오는 거지?' 안타까운 마음에 발을 동동 굴러보지만 배는 점점 가라앉습니다. 역시나 '전원 구조'라는 소식은 오보였습니다.

이제 4월 16일은 평범한 날이 될 수 없습니다. 모두의 기억 속에 아픔의 날이 되었습니다.

26년 전 또 다른 아픔이 있었습니다. 1995년 6월 29일 서울에서 일어난 삼풍백화점 붕괴 사고입니다. 강남 한복판에 있는 이 백화점은 명품만 판매한다는 백화점이었습니다. 그 누구도 이 백화점이 무너질 거라는 상상을 못했습니다. 하지만 설마 하는 마음과 함께 건물은 1분도 채 되지 않아 시루떡처럼 폭삭 주저앉았습니다.

사망 501명, 실종 6명, 부상 937명. 삼풍백화점 붕괴 사고는 한국전쟁 이후 가장 많은 인명 피해가 발생한 사고로 기록되었습니다. 1994년 10월 21일에 발생한 성수대교 붕괴 사고에서도 32명이 사망하고 17명이 다쳤습니다.

무사히 살아나온 사람들은 참사를 피할 수 있어 다행이라는 마음보다 '나 때문에 다른 사람이 죽은 것은 아닐까'라는 미안한 마음을 가지고 있습니다. 사망자 가족들도 예전으로 돌아갈 수 없습니다. 그들의 비워진 자리는 무엇으로 다시 메꿔야 할까요? 세상은 그들의 삶을 송두리째 흔들어놓았습니다.

우리는 불편한 사실과 마주하기 힘들 때 그 사실을 기억에서 삭제하려고 합니다. 그리고 귀를 닫아버립니다. 그들은 이야기를 들어주기만 해도 힘이 날 텐데 우리는 기억하기 싫다고 혹은 이제 지겨우니 그만 좀 하라며 그들의 아픔은 나와 상관없다고 눈을 감아버립니다.

## 그럴 줄 알았다면 그날, 그곳에 가지 않았을 거야

《1분》은 1995년 6월에 일어난 삼풍백화점 붕괴 사고를 모티브로 한 작품입니다. 서연과 유수, 보미는 그룹 '써버'를 보러 가기 위해 서진홀로 향합니다. 어렵게 표를 구하고 자신들이 좋아하는 그룹을 본다는 기쁨에 이들

《1분》 최은영 지음

은 날아갈 것 같습니다.

　서진홀은 멋진 음향 시설과 함께 모든 것이 완벽한 콘서트홀입니다. 그런데 그날 서진홀의 에어컨은 고장이 났고 화장실의 수도꼭지가 잠기지 않아 물이 흐르는 등 이상한 조짐이 보였습니다. 그런데도 사람들은 이를 중요하게 생각하지 않습니다.

　갑자기 바람이 붑니다. 17년 평생 느껴보지 못한 엄청난 세기의 바람이 주변을 전쟁터로 바꿔놓았습니다. 1분도 안 되는 아주 짧은 시간 동안 주변이 엉망이 되었습니다. 두꺼운 먼지 때문에 한치 앞도 보이지 않고 뜀틀을 구르다가 잘못 착지한 것처럼 어딘가에 풀썩 떨어졌습니다.

　써버의 공연을 조금 더 가까이에서 보기 위해 펜스 앞으로 달려간 서연은 흔적도 없이 다른 세상으로 떠나버리고 보미는 큰 수술을 몇 번이나 받았습니다. 사람들은 상처 하나 없이 살아남은 유수를 보고 기적이라며 다행이라고 하지만 유수는 혼자 살아남은 것이 너무 힘겹습니다. 학교도 갈 수 없고 심리 치료를 위한 병원도 가기 힘든 상황입니다.

　그날 '친구들과 화장실을 같이 갔다면 모두 무사했을 텐데…' 하는 생각이 들다가 서연과 함께 이 세상을 떠나버렸다면 더 나았을 텐데 하는 생각을 하기도 합니다. 멀쩡하게 살아있다는 것이 유수에게는 괴로운 짐입니다.

　어느 날 유수의 휴대 전화에는 발신자가 분명하지 않은 메시지가 옵니다.

세상에 혼자 버려졌다. 내 편은 모두 사라졌다. 나는 어떻게 살아갈 수 있을까. 나는 다시 살아갈 수 있을까.

문자 메시지의 내용은 혼자 살아남아 미안한 마음을 가진 지금의 자신을 보는 것 같습니다. 유수는 발신자에게 혼자가 아니니 힘내라는 메시지를 보내면서 손을 내밉니다. 그리고 자신만 바라보는 가족들의 모습을 발견합니다. 자신이 힘들어하면 할수록 가족들은 더 힘들어합니다. 그런 모습을 보며 유수는 가족과 죽은 친구에게 미안하지 않으려면 죽은 친구들의 몫까지 열심히 살아야겠다고 마음을 다잡아봅니다. 그리고 사고 책임자들에 대한 잘못된 처벌, 남에게 책임을 떠넘기는 사람들, 보상을 받으려고 거짓말하는 사람들을 보면서 이 상황을 바로잡아야 죽은 친구들에게 덜 미안할 것 같다고 생각해봅니다.

유수는 무슨 일부터 어떻게 시작해야 할지 모르겠지만 작은 일부터 잘못된 것을 고쳐본다면 조금은 더 나은 세상을 만들 수 있을 것 같습니다. 그러기 위해서는 그들을 지켜보고 관심을 가지면서 조금씩 조금씩 바로잡아 나가야겠다고 결심합니다.

## 당사자가 되어 보지 않고는 절대 알 수 없는 일

간판에 '빵'이라고만 쓰여있는 빵집을 운영하는 기호의 꿈은 소설가입니다. 빵집을 하는 나이 많은 부모님이 그리 자랑스럽지 않아서인지 아니면 그런 부모님이 부끄러웠던 건지 청소년 때부터 집을 떠나는 꿈을 꾸었습니다. 기호는 빵 냄새가 지긋지긋해서 집을 나온 후 여러 소도시와 바닷가 마

《우연한 빵집》 김혜연 지음

을 그리고 섬을 돌아다니며 닥치는 대로 일을 하고 글을 쓰면서 지냅니다.

그러던 중 아버지가 한 달 전에 돌아가셨다는 소식을 듣고 집으로 돌아옵니다. 가게와 집을 정리하면서 기호는 아버지의 유언장과도 같은 레시피 노트를 발견합니다. 이를 본 기호는 글쓰기를 포기하고 제빵을 배워 가게를 다시 시작합니다. 이렇게 시작된 빵집에서 우연한 인연들이 맺어집니다.

사진 찍는 것을 좋아하던 오빠가 군대에서 의문사로 죽은 후 하경은 오빠의 블로그를 봅니다. 오빠의 글에 캉파뉴가 쓴 댓글과 사진들이 눈에 띕니다. 하경은 캉파뉴의 글에 관심이 갑니다. 그런데 캉파뉴에게 무슨 일이 생긴 걸까요? 새로운 글이 올라오지 않습니다. 마지막으로 올린 깡파뉴의 글은 수학여행을 가기 하루 전 드디어 제주도로 간다는 기대와 함께 성산 일출봉에 올라가 남자 친구와 뽀뽀하게 해달라고 소원을 빌어야겠다는 글입니다. 하경은 죽은 오빠의 흔적과 깡파뉴의 흔적을 찾아 기호네 빵집까지 와서 아르바이트를 시작합니다.

'함께 빵을 나누어 먹는 동료'라는 뜻을 가진 캉파뉴를 좋아하는 윤지는 죽기 전에 자신이 소중하게 여기는 부적을 태환에게 줍니다. 태환은 받고 싶지 않았지만 윤지의 마음을 거절하지 못하고 부적을 받고는 후회합니다. 윤지의 부적을 받지 않았다면 윤지가 구조될 수도 있었을 텐데 하는 생각과 끝까지 거절하지 못한 그 시간을 되돌리고 싶어 합니다.

태환, 진아, 윤지는 청소년센터에서 알게 된 사이입니다. 진아와 윤지는 청소년센터에서 한 제빵 수업 마지막 시간에 '로스카빵'을 굽습니다. 도자기 인형이 들어있는 로스카빵에서 인형을 찾아낸 사람에게는 행운이 생긴다고 합니다. 진아는 윤지와 태환이 서로 좋아한다는 것을 알면서도 태환을 좋아합니다. 그리고 인형을 찾은 진아는 둘이 헤어지게 해달라고 소원을 빕니다. 그 소원이 이렇게 바로 이루어질 줄 몰랐습니다. 진아는 자신 때문에 윤지가 죽은 것 같습니다. 진아도 태환처럼 시간을 되돌려 소원을 취소하고 싶습니다.

빵집 주인 기호도 진아와 태환처럼 친한 친구를 잃는 아픔을 겪습니다. 기호의 빵집에서 우연히 만난 동창 영훈은 고등학교 물리 교사입니다. 우주와 별에 대한 해박한 지식을 지니고 있으며 명왕성의 퇴출을 안타까워했던 그는 세월호 사고로 기호와 소연에게서 영원히 퇴출당해 지구가 아닌 다른 곳의 별이 됩니다.

《우연한 빵집》은 가슴 아픈 사건을 겪은 다양한 사람들의 이야기가 이름도 없는 빵집을 통해 연결되어 있습니다. 우리에게는 그날의 기억이 점점 희미해져가지만 또 다른 이에게는 하늘의 별이 된 그들의 기억이 점점 더 선명해지는 이유는 무엇일까요?

## 살아남은 자들의 짐

참사에서 살아남은 사람들은 살아남은 것에 대한 기쁨보다 죄책감이 더 큽니다. 기적이라고 여기기에는 살아남은 것이 고통스럽습니다. 죽은 자와 산 자의 짐이 다른 것은 죽은 자는 자신의 짐을 산 자에게 떠넘기고 가기 때문입니다. 살아있는 동안 산 자는 그 짐을 지고 가야 합니다.[17]

《1분》의 유수는 학교도 갈 수 없고 친구도 만날 수 없습니다. 학교에서 아무렇지도 않게 대하는 아이들도 있지만 속삭이듯 수군대는 아이들과 대놓고 "너희 같이 공연 갔었지?"라며 킥킥대는 아이들 사이에서 점심도 먹을 수 없습니다. 친구들을 버려놓고 혼자만 멀쩡하게 살아 돌아왔다고 사람들이 흉보는 것 같습니다.

《우연한 빵집》의 진아는 윤지의 남자 친구인 태환을 마음속으로 좋아한 것부터 죽은 윤지와 태환을 갈라놓기 위해 소원을 빈 것까지 모든 것이 힘듭니다. 마음을 잡기 힘든 진아는 학교에 가방만 갖다놓고 학교를 나와 아무 버스나 타고 종일 돌아다닙니다. 유수와 진아는 엄마 아빠보다 친구들을 더 좋아하는 열일곱 살입니다. 친구는 같은 음악을 듣고 같은 음식을 먹을 줄 아는 같은 시대의 사람이니까요.

유수는 위층에서 발소리만 들려도 서진홀의 악몽이 떠오르고 물 흐르는 소리만 들려도 두려움에 귀를 틀어막습니다. 창밖은 더더욱 내다볼 수가 없습니다. 오토바이 소리만 들려도 유수는 고치처럼 몸을 웅크립니다.

세월호 사고를 당한 사람들도 마찬가지입니다. 살아남은 사람들은 타고 있는 버스가 코너를 돌 때 기우뚱하기만 해도 배가 기울어질 때의 악몽이 살아나 두려움에 떤다고 합니다. 죽은 이들을 위해 아무것도 할 수 없다는 무력감에 화가 나고 그런 생각에 자해를 하거나 자살하는 부모들과 친구들도 있습니다.

유수는 그동안 자신만 생각하느라 엄마의 모습을 보지 못했습니다. 처진 어깨, 괴로운 듯 항상 숙여있는 고개. 엄마는 그동안 해오던 일까지 그만둔 상태였습니다. 문득 죽은 서연의 엄마가 떠오릅니다. 만약 유수가 세상을 떠났다면 엄마도 서연의 엄마처럼 그랬을 것 같습니다. 갑자기 엄마에게 못 할 짓을 하고 있다는 생각이 듭니다. 엄마를 생각하면 멀쩡하게 살아있는 게 다행이라는 생각이 듭니다. 이렇게 살아남은 아이들과 죽은 아이들의 부모는 모든 것을 포기하고 살아가야 합니다.

《1분》에서 아이들의 죽음은 부실 공사와 불법 확장 공사 때문인데 공사를 한 사람과 공사를 허락한 공무원도 아닌 그룹 써버에게 잘못을 돌립니다. 유수는 참을 수 없습니다. 정부나 언론은 돈 있고 힘 있는 사람들의 잘못은 덮어버리려 하고 피해 보상을 요구하는 사람들을 테러 분자로 몰아버립니다.

400여 명이 죽었고 2,000명에 가까운 사람이 다쳤는데 책임지는 사람은 고작 몇 명뿐입니다. 유수는 사고의 원인을 제대로 밝히고 알리기 위해서는 잊으면 안 된다는 것을 깨닫습니다. 이것이 살아남은 사람들이 해야 할 일입니다.

살아남은 사람들은 죽음이라는 고통을 견뎌낸 사람들이지만 죽은 친구들의 이름을 부르는 것조차 힘들어합니다. 자신만 살아남았다는 미안함 때문이지요. 우리는 이들이 떠난 친구들의 몫까지 살아갈 수 있도록 도와주어야 합니다. 잘 견뎌내고 있다고 응원해줄 때 그들은 나만 살아남았다는 죄책감을 가지지 않고 사회의 건강한 일원으로 자리 잡을 수 있습니다.


## 음식과 음악을 통해 세상과 하나가 되다

소화 기관이 약해 평소 빵을 먹지 못하던 윤지 엄마 이은주는 아이를 임신해서는 목에 차도록 빵을 먹어댑니다. 빵을 먹고 난 후에야 돈이 없다는 것을 알고 난감해하던 그녀는 자신의 사정을 눈치 채고 빵 값을 받지 않았던 아주머니가 생각나 그 빵집을 찾아갑니다. 하지만 아주머니는 보이지 않고 조리복을 입은 남자만 보입니다. 그 남자의 모습에서 아주머니의 모습이 희미하게 보였고 그제야 윤지의 모습이 선명하게 생각납니다. 엄마는 윤지와 고작 17년을 살면서 충분히 사랑해주지도 못하고 제대로 지켜주지도 못했다는 생각이 듭니다.

음식을 먹는다는 건 세상 모든 것과 하나가 되는 과정입니다. 발효로 만든 빵에는 효모가 필요하고, 숙성의 과정을 거쳐야 맛있는 빵이 되듯이 사람과 사람이 좋은 관계가 되기 위해서는 효모 같은 것이 필요합니다. 공기 중의 미생물이 다 좋은 것만은 아닌 것처럼 사람과의 관계도 모두 좋을 수는 없습니다. 좋은 관계를 만들기 위해서는 빵을 만들 때처럼 인내가 필요합니다.

빵을 만드는 과정은 기다림의 과정입니다. 단단한 반죽을 부드러워질 때까지 치대고 숙성을 시킨 후 모양을 만들어 오븐에서 구워냅니다. 어느 한 과정도 놓쳐버리면 빵이 될 수 없습니다.

빵 만드는 과정처럼 상처 입은 가족들에게 필요한 것은 기다림입니다. 하지만 기다려주기는커녕 그들 스스로 포기하게 하려고 정치적으로 이용하는 모습이 보입니다. 이는 그들의 화를 더 돋울 뿐입니다. 그래서 희생자의 가족들은 상처받은 희생자 가족들끼리만 이야기한다고 합니다. 친척이나 친구들의 어쭙잖은 위로가 오히려 독이 되어올 때가 있으니까요.

어떤 부모는 아이를 잃고 아무것도 먹지 못할 줄 알았는데 먹을 것을 찾고 있는 자신을 보면 화가 나서 또 운다고 합니다. 그들의 상처는 아물 수가 없습니다. 오히려 더 선명히 다가오는 그날의 아픈 기억을 견뎌내려면 살아서 먹고 서로 응원하면서 의지하며 살아가야 합니다. 기호 같은 빵집 주인이 되어 상처받은 사람들에게 따뜻한 빵과 차를 나눠줄 수 있는 이웃이 되어야 합니다.

서진홀 붕괴 사고 이후 자취를 감추었던 그룹 써버의 리더는 새로운 음원을 들고 팬 앞에 나타나서 살아남은 그들에게 희망과 용기를 줍니다. 팬들을 위로하기 위해 보낸 문자 메시지를 통해 오히려 힘을 얻은 그는 다시 음악을 해야겠다고 결심합니다. 죽으려고도 했던 써버의 리더는 참사로 인한 시간을 되돌릴 수 없듯이 떠나간 사람도 되돌릴 수 없다는 것을 깨닫습니다. 사고로 아파하는 수많은 사람에게 그의 노래는 작은 희망과 기억이 되어 울려 퍼집니다.

실제로 세월호 사고 이후 가족들은 합창단을 만들기도 하고 연극을 하면서 서로 위로를 해주고 치유하려고 노력하고 있습니다. 살아남은 사람들은 떠난 사람들 대신 열심히 살아야 하니까요. 그리고 우리는 끝까지 기억해야 합니다. 우리가 기억하고 희생자 가족들과 공감할 때 그들은 감사함을 느끼고 그 감사함은 또 다른 사랑을 만들어갈 수 있습니다.

## 아수라장이 따로 없네

삼풍백화점 사고와 20여 년 후의 세월호 사고를 보면서 사고가 나면 그때뿐이구나 하는 생각이 듭니다. 우리나라에는 재해대책위원회가 1967년부터 있었습니다. 하지만 삼풍백화점 사고 당시 책임자가 하나도 보이지 않았습니다. 본부가 설치되는 데 일주일이나 걸렸습니다.

사고 직후 환자들은 맞은편 주유소에서 물을 얻어 마셔야 했고 걸어서 병원에 갈 수 있는 사람들이 강남성모병원으로 몰려가는 바람에 나중에 구출된 중환자들을 치료할 수 있는 병원을 수소문하느라 애를 먹었다고 합니다. 응급실로는 계속 환자들이 쏟아져 들어오고 뿌연 먼지를 뒤집어서 쓴 사람이 여자인지 남자인지 분간할 수 없었습니다. 팔다리에 피를 잔뜩 묻힌 사람들과 여기저기 들려오는 신음 소리가 끊이지 않았으며 의사와 간호사도 넋이 나간 표정으로 뛰어다녔습니다.

사고 현장은 소방대원과 경찰, 피해자 가족들, 자원봉사자들로 정신이 없는데 기자들까지 가세해 그야말로 북새통이었습니다. 자원봉사자라고 속이고 안으로 들어가려는 기자들의 취재 경쟁과 기자라고 속이고 사고 현장에 들어가 명품을 훔쳐 나오는 절도범들로 사고 현장은 더욱 혼란스러웠습니다. 인명 구조를 해야 하는 소방관들이 이들을 통제하느라 생존자 구조가 늦어지기도 했습니다.

그러나 생존자를 살리기 위해 랜턴, 드릴, 절단기를 들고 현장에 모이는 사람들도 있었습니다. 건물이 언제 다시 무너질지 모르는 두려움 속에 죽음을 각오하고 활동했던 민간 구조대와 태백에서 온 광부 구조대까지 생존자를 구조하기 위해 모두 노력했습니다. 그들은 시멘트 바닥에서 새우잠을 자면서 먹지도 못하고 날마다 먼지 구덩이에서 구조를 위해 애썼습니다.

삼풍백화점 사고 이후 응급 의학의 중요성을 인식해 1996년부터 응급 의학 전문의 제도가 시행되었습니다. 구급차도 119로 일원화하고 대형 재난에 대한 것들이 조금씩 갖춰지기 시작했습니다.

그러면 삼풍백화점 사고가 일어난 지 26년이 지난 후에 발생한 세월호 사고는 수습이 잘 되었을까요? 사망자 299명, 실종자 5명, 생존자 172명을 낸 세월호 사고에서 현장 구조 책임자였던 해경 123정장만 구속하는 것으로 수사가 종결되었습니다.

대통령이 7시간 이상 아무런 논의도 지시도 하지 않은 채 모습을 나타내지 않았는데 그것에 대해서는 아직도 오리무중입니다. 피해자들은 대통령의 사생활에는 관심이 없습니다. 마치 대통령의 사생활에 관심이 있는 것처럼 논점을 흐리는 언론과 정치계의 행동은 26년 전과 변함이 없습니다.

삼풍백화점 사고 희생자 가족들은 대책위원회를 통해 한 목소리를 내지 못한 점을 안타까워합니다. 그로 인해 희생자를 위한 위령탑이 사고 현장과 동떨어진 양재동에 세워졌습니다. 그들은 희생자들에 대한 추모의 마음이 제대로 구현되지 못한 것 같아 내내 마음이 아픕니다.

삼풍백화점 사고 이후에는 재난의 흔적을 신속히 지우려는 모습만 보여줬는데 다행히 세월호 사고 이후에는 희생자들의 추모 공원을 안산 화랑 유원지에 만들어 그들의 아픔을 기억하기로 했습니다. 미국은 9.11 테러가 발생한 장소에 사망자와 실종자의 이름을 새겨놓은 추모 공원과 박물관을 만들어 희생자 가족들과 친구들이 그곳에서 아픔을 나누고 희생자들을 기억하도록 했습니다.

우리는 왜 자꾸 사람들의 아픈 기억을 묻으려고만 할까요? 안전한 사회를 만들어가기 위해서는 재난 안전 매뉴얼도 필요하지만 참사를 겪은 사람들이 다시 일어설 수 있는 매뉴얼도 필요합니다. 살아남은 자들이 죽은 자들에 대한 미안한 마음을 걷어내고 건강하게 다시 살아갈 수 있도록 힘을 실어주어야 합니다.

우리는 참사로 세상을 떠난 사람들의 삶을 기억하고 살아남은 자들의 아픔을 존중해주어야 합니다. 그들이 국가로부터 보호받고 국민의 생명이 존중받는 사회의 일원이라고 느낄 때 전과 같은 모습으로 돌아올 수 있습니다.

# 사고를 확장하는 토론 논술 활동

## 자유 논제 토론

● 《1분》에서 언론은 서진홀에서 있었던 그룹 써버의 콘서트 때문에 아이들이 죽었다는 기사를 내고, 그 기사를 본 사람들은 잘못을 그룹 써버에게 돌립니다. 하지만 유수는 그게 아니라고 생각합니다. 이런 기사를 쓰는 언론의 행동과 기사를 믿고 그대로 받아들이는 사람들에 대해 생각해보고 자유롭게 이야기해봅시다.

●● 세월호 사고와 같은 재난 사고 이후 남아있는 희생자 가족과 친구들을 위로할 수 있는 방법에 대해 이야기해봅시다.

## 선택 논제 토론

● 삼풍백화점 사고 이후 희생자 가족들은 사고 현장에 희생자들을 위한 위령탑을 건설하려고 했습니다. 하지만 그곳에 사는 사람들과 삼풍백화점을 매입하려는 기업의 반대로 양재동 시민 공원에 위령탑을 세웠습니다. 위령탑 건설을 반대한 사람들의 행동에 대해 입장을 정해 토론해봅시다.

> 사고 현장에 위령탑을 건설해야 한다.
>
> 사고 현장에 위령탑 건설을 반대한다.

## 논술

●  삼풍백화점 사고와 세월호 사고 등 언제 일어날지 모르는 사고를 대비하기 위해 정부와 개인이 지녀야 할 가장 중요한 태도는 무엇인지 논술해봅시다.


●● 《죽음의 수용소에서》의 저자인 빅터 플랭크는 어떤 절망에도 희망이 있고, 어떤 존재라도 살아가는 의미가 있으며 시련을 통해 얻은 체험은 가장 값진 체험이라고 했습니다. 여러분에게 견디기 어려운 시절이나 시간이 있었다면 언제였는지, 그것을 어떻게 극복했는지 논술해봅시다.

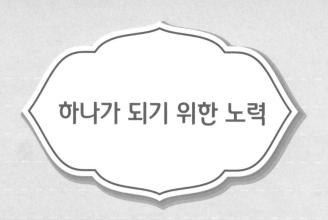

## 하나가 되기 위한 노력

냉전의 세계사가 만들어낸 베를린 장벽은 1989년 11월 9일 동독 정부 대변인 샤보프스키의 한마디로 한순간에 무너집니다. 동독 시민들은 경제적 어려움과 함께 선거 조작, 감시를 위한 도청, 여행 제한 등으로 정부에 불만이 쌓였고 그들의 불만은 시위로 이어집니다.

100만 명이 넘게 참여한 시위로 동독 정부는 압박을 받았고 광장으로 나온 시민들을 잠재우기 위해 샤보프스키는 여행 제한 정책을 완화할 것이라는 내용을 발표하던 중 실수를 합니다. '완화'라고 해야 했는데 모든 국경 검문소에서 동독 시민들이 '출국할 수 있도록 허용'하겠다고 한 것입니다. 그 즉시 기자들은 언제부터인지를 물었고 그는 지금부터라고 대답합니다. 샤보프스키의 답변을 듣자마자 기자들은 '국경이 개방되었다'라고 보도했고 또 다른 기자들은 '베를린 장벽이 무너졌다'라는 보도를 전 세계에 내보냈습니다. 이 소식이 전해지면서 수많은 사람이 베를린 장벽으로 모여들었습니다. 끝없이 이어지는 인파의 물결이 커다란 파도가 되어 베를린 장벽이 무너졌습니다.

동독은 국경선에서 총을 치우기 시작했고 서독과 동독은 힘든 과정을 겪으면서* 통일을 이루어나갔습니다.

대한민국과 조선인민공화국은 독일 상황과는 다릅니다. 우선 종전을 해결한 후에 통일해야 한다는 의견과 화해와 협력을 먼저 구축하면서 통일을 해야 한다는 의견이 있습니다. 그렇다면 세계에서 유일한 분단국에 살고 있는 우리는 통일을 위해 어떤 준비를 해야 할까요? 그리고 현재 북한에서 남한으로 넘어오는 탈북민들을 우리 사회에 정착시키기 위해서는 어떤 노력이 필요할까요?

### 도희에게 조국은 어딜까?

〈로동신문〉 기자인 아빠가 정치적인 이유로 숙청되면서 평양을 떠날 수밖에 없었던 리도희는 엄마와 헤어져 홀로 캐나다행 비행기를 탑니다. 난민 신청이 인정되면 캐나다에서 공부하며 살 수 있을 거라는 엄마의 말을 듣고 캐나다에 도착하지만 도희는 북에서 고위층으로 살았다는 이유로 난민 인정을 받지 못합니다.

《난민 소녀 리도희》 박경희 지음

궁여지책으로 도희는 '아리랑'이라는 식당에서 일하게 됩니다. 그곳에서 만난 남쪽 아이 은유는 부족한 것 없이 살

---

• 우리보다 잘사는 서독은 동독을 흡수 통일 과정 중 큰 비용을 부담한다.

면서도 엄마를 싫어하고 공부하기 싫어합니다. 엄마를 만나 공부하면서 살고 싶은 도희에게 은유의 행동은 이해가 안 됩니다.

엄마의 잔소리와 공부가 싫어 대한민국에서 도망쳐 캐나다 땅을 떠돌며 사는 은유나 부모 없이 혼자 평양에서 캐나다로 와 난민 신청을 하려는 도희는 서로 출발한 곳만 다를 뿐 난민 공동체라는 생각이 듭니다. 난민이라는 둘 사이의 공통점 때문에 은유와 도희는 남한 사람과 북한 사람이라는 장벽도, 사상의 차이도 없이 공감대를 형성하고 서로에게 힘이 되어주려고 합니다.

연길에 있어야 할 도희 엄마에게 무슨 일이 생긴 것인지 전화가 안 됩니다. 불안해하던 도희에게 걸려온 전화는 엄마가 감옥에 가게 되었으니 구하고 싶으면 돈을 보내라는 브로커들의 전화입니다. 엄마를 구하기 위해 걱정하던 중 도움을 준 남한 측 사람들의 말을 듣고 도희는 서울로 가서 엄마를 찾기로 합니다.

캐나다에서 서울로 간 도희는 탈북민 프로그램을 제작하는 다큐멘터리 감독을 만나 다시 중국 연길로 향합니다. 엄마 찾는 일을 도와주겠다는 말에 참여했지만 감독은 엄마의 행방을 찾기 위해 애태우는 도희의 마음에는 관심도 없고 영화가 대박 나기만을 바랍니다. 녹화 때마다 감독과 스태프들은 북에서 고생한 경험담과 사람들의 눈물샘을 자극할 만한 흥미 위주의 이야기를 지어서 말하기를 바랍니다.

남한 사람들은 탈북자들을 연민과 동정으로 포장한 후 가난한 나라에서 온 무기력한 사람으로 만들려고 합니다. 탈북자들의 고통에는 관심이 없는 감독을 보고 도희는 스스로 엄마를 찾으러 나섭니다. 하지만 연길에서 엄마의 소식을 알아내기란 어린 소녀에게 힘겨운 일입니다.

'도희의 조국은 어디일까? 엄마 아빠가 있는 북조선일까? 여권을 발급해준 대한민국일까?'

도희는 평양을 떠나 캐나다로, 캐나다에서 한국으로 그리고 한국에서 연길을 가로지르면서 자신의 정체성에 대해 고민합니다. 엄마 찾을 생각만 하느라 자신이 소중하다는 사실을 잊고 살았던 것입니다. 엄마도 자신이 이렇게 살기를 원하지는 않을 거라고 생각하면서 이제는 난민처럼 떠돌지 않겠다고 다짐합니다. 도희는 엄마 아빠를 만나는 날까지 남조선에 뿌리를 내리고 살면서 가족이 다시 만날 날을 기약해봅니다.

## 우리는 북을 한민족이라고 생각하나요?

《통일한국 제1고등학교》에서 대한민국은 원하던 통일을 합니다. 하지만 아직도 남과 북은 통합이 이루어지지 않는 상태이며 '선통일 후통합'의 길을 선택합니다. 남과 북의 통합 도시인 '통일시'에 있는 통일한국 제1고등학교에서 이야기가 시작됩니다.

《통일한국 제1고등학교》
전성희 지음

전교생이 100여 명인 통일한국 제1고등학교에 학생회장 선출 공고문이 붙습니다. 남쪽 아이들 서재원, 남대성, 남보라가 먼저 후보 등록을 하자 북쪽 아이들은 우리도 후보를 내야 한다며 후보자를 물색합니다. 박영민은 공부를 잘한다는 이유 하나만으로 본인의 의사와는 상관

없이 북쪽 아이들에게 떠밀려 학생회장 후보가 되었습니다.

강철민은 우리 학교에서 북쪽 아이들이 나가기만 하면 유리한 입장인데 후보도 내지 않는다면 남쪽 아이들이 우리를 얼마나 한심하게 보겠는지 생각해보라며 영민에게 이야기합니다. 그리고 우리가 꼭 나가야 하는 진짜 이유는 북쪽 아이들에게 관심도 없는 남쪽 아이들 때문이라고 합니다.

남쪽 아이들은 북쪽 아이들 문화에 호기심도 관심도 없습니다. 알고 싶어 하지도 알려고도 하지 않습니다. 무관심에 상처 받은 북쪽 아이들은 마치 짝사랑하던 상대에게 거부당한 느낌이라고 이야기합니다. 특히 남쪽 아이와 북쪽 아이가 싸우면 선생님들도 북쪽 아이보다는 남쪽 아이 편을 들거라고 생각합니다. 이런 상황이니 더더욱 자신들의 처지를 대변해줄 학생회장이 북쪽에서 나와야 한다고 생각합니다.

통일 자체를 부정적으로 생각하고 자신의 꿈인 정치가가 되기 위해 학생회장이 되고 싶은 재원, 평생 통일을 위해 일하고 인권 교육을 하는 부모님의 뜻을 이어받아 학생회장에 출마는 하지만 학생회장이 남쪽 아이가 되든 북쪽 아이가 되든 상관 없는 대성, 여학생들의 표를 모아 학생회장이 되어보려는 보라.

재원은 세 명이 모두 나오면 불리하다며 단일화를 제안합니다. 하지만 보라와 대성은 북쪽에서 학생회장이 선출되지 못하도록 저렇게까지 머리를 쓰는 재원이 이해가 안 됩니다.

한편 북쪽에서는 리수연이 학생회장 후보로 등록합니다. 북쪽 아이들은 표를 갈라놓는다며 수연을 공격하지만 그녀는 아랑곳하지 않습니다. 이런 상황에서 영민이 후보 사퇴를 하자 여자가 학생회장이 되면 안 된다는 생각에 철민도 후보로 등록합니다.

학생회장을 뽑는 자리가 남과 북의 대결이 되어버립니다. 게다가 철민은 여성을 비하하면서 남성과 여성의 대결 구도로 만들었습니다.

수연은 보라에게 남쪽 아이들과 북쪽 아이들이 하나가 되기 위해 도와달라며 손을 내밉니다. 하지만 철민은 재원을 곤란하게 만드는 방법을 찾아 표를 얻으려고 합니다. 마치 어른들의 흑색 정치판을 보는 것 같습니다.

수연은 행복한 통일한국 제1고등학교를 만들기 위해서 무엇이 필요한지 알고 있습니다. 남과 북이 화합하는 데 필요한 것은 어른들의 잘못된 정치를 따라하는 것이 아니라 한 사람 한 사람의 마음을 움직여 함께 힘을 모으는 것입니다.

## 학교 선거를 통해서 본 통일의 모습

《통일한국 제1고등학교》는 남과 북의 학생들이 전교학생회 장을 뽑으면서 생기는 첨예한 갈등을 보여줍니다. '남측 대표 가 뽑혀야 한다', '북측 대표가 뽑혀야 한다'를 놓고 옥신각신하 는 모습은 마치 어른들의 정치판을 보는 듯합니다. 우리도 통 일 정부를 구성하기 위해 남북 주민 모두가 참여하는 총선거를 해야 할까요?

북한은 일당 체제이고 남한은 다양한 정치 세력이 존재하기 때문에 통일 정부 수립을 위해 선거를 한다면 북한이 더 힘을 얻을 수 있다고 봅니다. 자본주의 경제에 기반한 자유 민주주의 가 우월한 것이 확실한 상황에서 선거에서 승리하지 못할 수도 있는 상황이 됩니다.*

《통일한국 제1고등학교》에서도 남한 대표가 세 명이 나오자 북한에서는 영민 한 명으로 표를 모을 수 있다고 생각합니다. 만약에 수연이 나오지 않았다면 영민이 당선될 수도 있습니다.

하지만 영민은 북한에 계신 선생님을 만나고 온 후 선거에 대해 생각해봅니다. 지금의 선거는 남과 북의 싸움이지 진정한 선거의 모습이 아닌 것 같습니다. 선거의 공약보다 공부를 잘한다든지, 얼굴이 잘생겼다든지, 여자라는 이유로 안 된다는 논리가 펼쳐지고 영민의 할아버지가 북에서 지도층이었다는 사실로 상대방을 궁지에 몰아넣는 행동도 서슴지 않습니다. 영민은 자신의 의지와 상관없이 출마하게 된 후보 자리를 포기합니다.

학생들의 선거를 바라보는 선생님들의 생각도 공정성과는 거리가 멀어 보입니다. 북쪽 아이들 중 후보가 나오지 않았을 때 선생님은 그 어떤 의문도 품지 않고 남쪽 아이들의 대결로 단정 지어 버립니다. 이 모습을 본 북쪽 아이들은 후보를 내기 위해 단결된 모습을 보입니다.

가장 중립을 지켜야 할 교장 선생님마저 재원을 보이지 않게 지지합니다. 그렇다면 북쪽 출신 선생님들은 북쪽 아이들을 지

---

* 선거를 통해 합의 통일이 이뤄진다면 남한과 북한 국민의 의사가 반영되어 새로운 국가 정체성을 만들 수도 있다. 물론 합의점을 찾기 위해서는 많은 시간과 비용이 들 것이다. 또한 국민의 무관심으로 힘 있는 사람 혹은 이익 집단의 의사가 반영되어 그들의 뜻대로 움직일 수도 있는 단점이 있기도 하다.

지했을까요?

김지성 선생님과 최희숙 선생님은 아이들에게 경쟁 사회인 남조선에서 살아남기 위해서는 북조선의 생활과 사고를 버리고 철저히 남조선 사람이 되라고 합니다. 어차피 너희들의 나라는 없어질 것이기 때문에 빨리 지워버리는 것이 도움이 될 것이라며, 남조선 사람들이 너희를 이해하고 받아주지 않는다고 불평불만만 갖고 노력하지 않는다면 영원한 패배자로 남을 거라면서 뼛속까지 남조선 사람이 되라고 합니다.

남과 북이 함께 다니는 학교이지만 보이지 않는 차별 때문에 북쪽 아이들은 힘들어 합니다. 그들이 살던 북조선이 사라질 것이라는 상실감을 남쪽 사람들은 생각하지 못하고 있습니다. 북조선은 당연히 사라지고 남쪽과 함께한다는 생각이 그들을 더 외롭게 하고 단합하게 만들었습니다.

특별한 공약은 없지만 친구들의 의견을 들어보고 친구들이 원하는 것이 무엇인지 알아가겠다며 수연은 연설을 시작합니다. 차이와 다름을 인정하고 화합하면서 방법을 찾아야 하고 다른 사람들과 함께 살아가기 위해서는 통합과 화합이 중요하다며 연설을 마칩니다.

우리는 북쪽 사람들에게 소통을 통한 화합보다는 강제적으로 남쪽으로 들어오라고 하는 것은 아닌지요? 물론 한 민족이기 때문에 어우러져 살아야 한다는 의견도 있지만 이미 70년이나 각자 살았는데 한 민족이라고 이야기하는 것은 설득력이 없다고 하는 사람도 있습니다.* 왜 군이 다른 나라보다 북쪽과 더 친하게 지내야 하는지 모르겠다고 말입니다.

하지만 우리는 같은 언어를 쓰는 같은 민족입니다. 같은 민족끼리 서로 총을 들이대고 교류도 없이 많은 국방비를 계속 낭비하면서 살아간다는 것은 비극일 뿐 아니라 엄청난 소모전입니다. 이런 비극은 지금 세대에서 끝나기를 바랍니다. 다음 세대에게 평화가 공존하는 대한민국을 전해주기 위해서는 통일이 되어야 하지 않을까요?


## 남조선 사람이 되려면 북조선의 것을 버려라

탈북민들이 남한에 정착하기는 쉽지 않습니다. 그들은 북한을 탈출하면서 겪은 심리적, 육체적 큰 트라우마를 회복도 하기 전에 낯선 환경에 적응해야 합니다. 먹고살기 위해서 구해야 하는 일자리도 북한에서는 경험해보지 못한 경제 체제입니다. 탈출과 함께 남한에 정착하기 위한 이러한 상황은 탈북민들에게 견디기 힘든 상황의 연속입니다.

---

* 2019년 통일 연구원 조사에 따르면 41.4퍼센트가 '남한과 북한이 한 민족이라고 해서 반드시 하나의 국가를 이룰 필요는 없다'고 답했다. 20대에서는 49.7퍼센트, 젊은 세대보다 민족의식이 강하다고 여겨지는 60대 이상에서도 34퍼센트가 나왔다. - 출처 : 정주진(2019), 《10대와 통하는 평화통일 이야기》, 138쪽

게다가 남과 북이 오랫동안 교류 없이 지내는 동안 언어와 일상생활 문화, 경제적 차이가 커졌습니다. 그들만의 사고방식을 갖고 있는 북쪽 사람들이 남쪽 사람들의 사고방식을 맞추기란 쉽지 않습니다.

《난민 소녀 리도희》에는 남한에서 북조선 말을 쓰면 무시당한다는 생각에 서울말을 쓰기 위해 노력하는 탈북민의 모습이 나옵니다. 자유의 땅인 남조선에 왔으니 자유로워야 할 텐데 오히려 국경 지대에서 꽃제비로 생활할 때보다 더 눈치를 봐야 하는 상황이 길을 잃은 새처럼 외롭고 힘듭니다.

탈북민들은 남쪽에서 받은 문화 충격으로 정체성의 혼란과 고통은 물론 '탈북을 하는 것이 옳았나?' 하는 생각까지도 합니다. 탈북민들의 정착을 돕기 위한 정부 프로그램*도 있지만 충분한 정보를 얻지 못한 그들은 사회 곳곳에서 어려움을 겪고 당황하기도 합니다. 이렇게 적응하지 못한 탈북민들은 우리 사회의 경계인으로 머뭅니다.

밀튼 골드버그는 "한 문화에 의해 형성되고 틀이 짜인 사람이 이주, 교육, 결혼 등과 같은 이유로 다른 문화와 접촉하게 될 경우 혹은 태어나자마자 둘 이상의 전통, 언어, 정치적 충성심, 도덕적 규율 혹은 종교에 노출되면 두 문화 모두에 온전히 속

---

* 하나원에서는 12주, 400시간의 적응 교육을 한다. 초기 정착 지원금과 주거도 알선해주고 취업을 위해 직업 훈련이나 특례 편입학 등의 혜택이 있다.

하지 못하고 각 문화의 가장자리에 놓이게 될 가능성이 크다.”
라고 말합니다.

도희는 남조선 학교에 다니면서 그녀를 입시 경쟁자로 보는 친구들의 눈길이 마치 도강할 때 위협하던 멧돼지의 무서운 눈빛과 닮았다고 생각합니다. 불쑥불쑥 공격해오는 남한 아이들의 말과 시선 때문에 몸과 마음이 더 피곤해집니다.

《통일한국 제1고등학교》에서의 탈북자들은 자신의 신분을 철저히 숨기고 사는 편이 온갖 편견을 겪으며 사는 것보다 나을 거라고 생각합니다. 탈북민 김지성 선생님도 과거를 숨기기 위해서 탈북과 정착에 도움을 준 교회 사람들과의 인연을 끊어버립니다. 과거를 숨기고 버리는 것이 더 나은 선택이라고 생각하기 때문입니다.

탈북민들에게 남한은 불평등이 만연한 곳으로 살벌한 기운이 느껴지는 곳입니다. 남한 국적을 가지고 있지만 영원히 북한 사람, 탈북자로만 여겨지기 때문입니다. 하루빨리 남한 사람들처럼 되고 싶지만 계속되는 실수와 주변의 차가운 시선이 실패감을 맛보게 합니다. 그리고 이러한 실패감과 무력감은 자신감마저 잃게 만듭니다. 이런 상태에서는 타인의 관심이 오히려 비난이나 경멸로 느껴져 오해를 낳기도 합니다.

수연의 부모님은 남쪽 생활에 적응하기 위해 애씁니다. 낮에는 호텔에서 일하고 밤에는 야간 대학에서 공부합니다. 북쪽에서도 대학을 졸업했지만 남쪽 대학에서 다시 공부하면서 꿈을 이루어나갑니다. 마치 시험 준비하듯 남한을 공부하면서 남한과 관련된 서적을 모조리 읽어 철저히 남한 사람이 되려고 합니다. 그들은 딸 수연이 사회에 나갈 때가 되면 차별의 시선이 사라질 것이라고 기대합니다.

서로 다른 문화가 만나면 충돌할 수밖에 없습니다. 충돌을 방지하려면 그들의 문화를 이해해주면서 간격을 좁혀나가야 합니다. 회피하거나 강자가 약자를 강제로 흡수하는 것은 해결 방법이 아닙니다.

조금씩 차이를 인정하고 받아들일 때 남과 북의 사이가 좁혀질 수 있습니다. 이익을 좇아가는 것이 중요해진 세상이지만 북한과 친해야 하는 이유를 경제적, 외교적 이익으로만 보는 것도 남한의 성급한 판단일 수 있습니다. 우리가 이익을 따지는 동안 북한은 남한의 도움 없이 스스로 해결하겠다는 모습을 보일 수도 있기 때문입니다. 그렇게 되면 통일의 길은 점점 멀어질 것입니다.

하나가 되기 위해서는 화합과 소통을 통한 이해로 문제를 해결해나가야 합니다. 이런 노력이 필요한 이유는 오래전부터 우리는 공존하며 살던 하나의 나라이기 때문입니다.

## 화해와 협력을 위한 노력

우리가 생각하는 북한의 모습은 대체로 부정적입니다. 그런데 2018년 남북 대화 이후 많은 변화가 보입니다. 2018년 이전에는 북한을 적으로 생각한다고 응답한 사람이 40퍼센트였지만 남북 대화 이후 5.2퍼센트로 떨어졌다고 합니다.[18] 북한 대표의 모습을 TV로 보면서 사람들의 인식이 바뀐 것입니다.

우리에게 북한은 가난한 나라이며 무조건 남한의 지원을 받으려 한다고 생각하지만 북한은 스스로 경제 발전을 이룩하고자 합니다. 섣부른 판단은 오해를 낳고 그 오해는 또 다른 벽을 쌓습니다.

독일의 통일 과정을 보고 우리도 북한을 흡수 통일하자는 사람들도 있지만 북한의 체제는 그리 쉽게 무너질 것 같지 않습니다. 김정은을 비롯한 오래된 관료 체제들을 바꾸기란 쉽지 않기 때문이죠. 그들을 바꾸기 위해서는 끊임없는 접근을 통해 변화시켜야 합니다.

서독과 동독은 통일 전에도 친지 간 왕래가 가능했고 동독으로 가는 서독 사람들에게 금전적으로 지원을 했습니다.[19] 이처럼 우리도 북한과 교류하기 위한 접근 방법을 먼저 고민해야 합니다.

하지만 통일을 원하지 않는 사람들은 통일 비용*이나 사회적 혼란이 부담되기 때문에 그냥 지금처럼 사는 것도 좋을 것 같다고 합니다. 누구도 통일을 강요할 수는 없습니다. 모두 함께 고민하고 이야기하며 결정해야 할 일입니다. 그러기 위해서는 통일이 되면 좋은 점과 함께 풀어야 할 문제에 대해 생각하고 고민해야 할 것입니다.

남북의 공존과 한반도의 평화를 위해 '통일은 정치인들이 하는 일'이라는 생각에서 벗어나 국민 한 사람 한 사람이 함께 목소리를 내야 할 시점입니다. 이러한 우리의 의지가 끊이지 않고 꾸준히 진행된다면 통일은 우리 곁에 한걸음 더 가까이 다가올 겁니다.

---

* 통일을 위해 독일이 부담한 세금은 20년간 2,000조가 들어갔다. 한국은 약 3,940조의 비용을 부담해야 한다고 한다.

# 사고를 확장하는 토론 논술 활동

## 자유 논제 토론

● 　남과 북이 하나가 되기 위해 문화 공연으로 교류하거나 스포츠 단일팀을 구성한 적이 있습니다. 조금 더 나아가 독도 문제나 동북공정 같은 문제를 북과 함께 해결한다면 외교적으로 더 힘을 실을 수 있지 않을까요? 이와 같이 남과 북이 함께할 수 있는 일들에 대해 이야기해봅시다.

●● 　《난민 소녀 리도희》에서 영화 언니는 평양에서 공주처럼 살았다는 도희의 이야기를 듣고 자신의 이야기인 것처럼 꾸며 방송 출연을 하고 광고도 찍습니다. 영화 언니의 이런 태도와 자극적인 이야기만 원하는 제작자와 방송국의 문제점에 대해 이야기해봅시다.

## 선택 논제 토론

● 　《통일한국 제1고등학교》의 김지성 선생님은 통일한국에서 살기 위해서는 철저하게 북쪽의 사고와 문화, 말투 등을 버려야 한다고 아이들에게 이야기합니다. 김지성 선생님처럼 북쪽의 것을 버려야만 통일한국을 만들어갈 수 있다고 생각하나요? 입장을 정해 토론해봅시다.

| 찬성 | 반대 |
| --- | --- |

●● 《통일한국 제1고등학교》처럼 남과 북도 통일이 되기 위해서는 총
선거를 실시해야 한다고 생각하나요? 입장을 정해 토론해봅시다.

> • 필요하지 않다. 북한 주민이 선거에 참여할 경우 민주주의와 시장 경
>   제에 반대하는 정치 세력이 생길 수도 있다.
> • 필요하다. 국가를 구성하는 모든 구성원의 정치적 자유와 평등이 존
>   중되어야 한다.[20]

## 논술

● 《통일한국 제1고등학교》에 나오는 후보들의 특징을 나열해보고,
학생회장이 되기 위해 필요한 자질과 그것을 갖춘 후보가 누구인지 근거
를 들어 논술해봅시다.

●● 《통일한국 제1고등학교》는 선생님들 사이에도 보이지 않는 감정의
38선이 존재한다고 생각합니다. 또한 《난민 소녀 리도희》는 자유의 땅이라
고 하는 남한이 오히려 보이지 않는 밧줄에 얽매인 느낌이라고 이야기합니
다. 북한 사람들에 대해 어떤 편견을 갖고 있는지, 그런 편견이 생긴 원인과
어떻게 하면 편견을 없앨 수 있는지 방법을 제시해봅시다.

# 4부

## 과학, 인간에게 질문하다

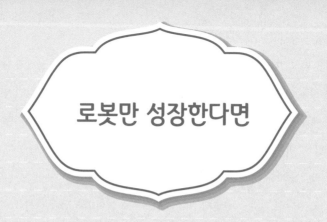

# 로봇만 성장한다면

세상에! 집에 혼자 계시던 할머니가 인공 지능 스피커의 도움으로 응급 상황을 넘겼다고 합니다. 복통을 느낀 할머니가 '나 좀 살려달라'고 외친 소리를 구조 요청으로 인식한 인공 지능 스피커가 보안업체에 문자 메시지를 보냈고, 보안업체는 119 구급대에게 신고해서 할머니를 병원으로 모시고 갔다고 하네요.[21]

인공 지능 통합 돌봄 서비스가 지방자치단체에서 시작된 지 2~3년밖에 되지 않았지만 코로나19 사태로 외출이 줄어든 독거노인과 치매 환자에게 큰 도움이 되고 있다고 합니다. 귀여운 인형 모습을 하고 있는 인공 지능 돌봄 로봇도 있습니다. 돌봄 로봇의 이름은 효돌이와 효순이입니다. 로봇은 약 먹을 시간도 챙겨드리고 산책 나가라는 고마운 잔소리도 합니다. 돌봄 로봇 하나 있으면 열 자식 안 부러운 세상이 되고 있습니다.

알아서 장애물을 피해가는 로봇 청소기, 의사를 도와주는 의료 로봇 등 로봇은 생활 곳곳에서 활용되고 있습니다. 이처럼 인공 지능 로봇은 먼 미래가 아닌 현실 속 이야기로 와닿기에 과학 소설의 한 영역으로 높은 관심을 받고 있지요. 우리나라 과학 소설 분야는 지난 5년 사이 출간과 매출이 계속 늘고는 있지만 아직 활성화되지 않아 번역물까지 포함하면 연간 70~80여 종[22] 정도가 출간되고 있습니다. 반가운 점은 2014년 '한낙원과학소설상'[●]이 제정되면서 청소년 과학 소설을 포함한 SF 아동 문학의 양적, 질적 확대를 가져오고 있다는 것입니다.

고 한낙원 작가는 생전에 과학 소설이 아이들의 모험심과 난관을 극복할 지혜와 담력을 길러줄 것이라고 생각했습니다. 2016년 이세돌 9단을 이긴 인공 지능 알파고를 보며 많은 사람이 놀라움과 함께 충격을 받았습니다. 일상생활에 다가온 로봇을 손쉽게 이용하기 전에 과학 소설을 읽으며 왜 로봇을 만들려 하는지, 생각하는 로봇도 만들 수 있는지, 인간은 로봇과 어떤 관계를 맺어야 하는지를 생각해본다면 기술 발달에 따른 충격이 아닌 지혜와 담력을 기를 수 있지 않을까요?

## 인공 지능 로봇 교사 가우스 이야기

가우스는 목동 신양중학교에서 수학을 가르치는 인공 지능 로봇입니다. 교육용으로 특화된 인공 지능 로봇은 청소년을 더 잘 이해하기 위해 스스로 지식과 정보를 탐색하여 업그레이드할 뿐 아니라 사람들과 어울리면서 감정을 분석하고 이해력을 높이도록 프로그래밍되어 있습니다.

로봇 교사들은 아이들을 성실하게 지도하지만 인간만이 교육자 역할을 맡아야 한다고 주장하는 '인교조' 선생님들은 로봇 교사를 못마땅해하고 자

---

• 우리나라 과학 소설의 선구자로 불리는 고 한낙원 작가를 기리기 위해 제정된 SF 아동문학상이다.

신들이 하기 싫은 보충 수업이나 쓰레기 분리수거를 시키면서 무시합니다. 인교조 선생님들은 로봇 교사에게 반말을 하고 아이들을 사랑과 정성으로 가르치겠다는 가우스의 다짐을 비웃기만 합니다. 수학 점수가 낮아 방과 후 수업을 듣는 네 명의 아이들도 처음에는 가우스를 무시했습니다. 하지만 '학생을 사랑하고 보호해야 한다'는 원칙을 지키는 가우스의 모습을 보며 조금씩 마음을 엽니다.

《로봇 교사》 이희준 지음

어느 날 학교 복도에서 한 아이가 로봇에 의해 살해되는 사건이 일어납니다. 복도 CCTV에는 가우스의 범행 장면이 찍혀 있습니다. 하지만 살인을 한 기억이 없는 가우스는 당황하여 경찰차에서 도망칩니다. '로봇 3원칙'* 외에도 학생 보호 원칙이 입력된 가우스는 자신에게 오류가 생겨서 자각하지 못하는 상태에서 살인을 했는지 고민하다 자신을 만든 이영미 박사에게 전화를 겁니다. 박사가 왜 경찰의 명령에 불복하고 도망쳤느냐고 물었을 때 가우스는 "무서워서"라고 대답했고 그 말을 들은 박사는 한동안 아무 말도 하지 못합니다.

---

* 1942년 아이작 아시모프의 공상 과학 소설 《런어라운드》에서 언급된 로봇이 따라야 할 3원칙은 다음과 같다. 제1원칙은 로봇은 인간에게 해를 가하거나 혹은 행동을 하지 않음으로써 인간에게 해를 끼치지 않는다. 제2원칙은 로봇은 첫 번째 원칙에 위배되지 않는 한 인간이 내리는 명령에 복종해야 한다. 제3원칙은 로봇은 첫 번째와 두 번째 원칙을 위배하지 않는 선에서 로봇 자신의 존재를 보호해야 한다.

가우스는 "폐기되어 죽는 것이 두렵다"고 말하며 누명을 벗고 사건을 해결하기 위해 온 힘을 기울입니다. 지금까지 가우스는 입력된 프로그램에 따라 움직였지만 이제는 능동적으로 생각하고 판단하며 행동합니다. 그리고 사건을 해결하는 과정에서 만난 사람들이 돈을 위해 범죄를 저질렀다는 것을 알고 처음으로 인간에게 혐오감을 느낍니다. 어떻게 돈 때문에 아이를 죽일 수 있느냐는 가우스의 물음에 살인을 지시한 진미선은 기계가 사람을 가르치려 든다고 반발하지만 가우스는 "사람다운 짓을 하고 나서 사람 취급을 바라야 한다"고 일침을 날립니다.

가우스는 아이들을 위해 최선을 다했지만 인공 지능의 대원칙 안에서 자율성의 극대치에 도달했다는 이유로 교단에 서지 못한다는 결정을 묵묵히 받아들이고 죽은 지환의 동생 강재현을 책임지기 위해 찾아갑니다. 그것은 아무도 명령하지 않았지만 가우스가 내린 '인간적인' 판단입니다.

## 왕따 로봇 프로젝트 최동필 이야기

《하늘은 무섭지 않아》 중 〈로봇 짝꿍〉 임태운 지음

항상 땀 냄새를 풍기고 뚱뚱한 몸집으로 뒤뚱뒤뚱 걷는 최동필. 말도 느리고 답답한 데다가 어딘가 모자라서 친구가 한 명도 없습니다. 최동필은 정부의 비밀 프로젝트를 위해 만들어진 최첨단 인공 지능 로봇입니다. 이름하여 '왕따 로봇'. 갈수록 늘어나고 심각해지는 왕따 문제를 해결하기 위해 스스로 왕따가 되어 일진 아이들에게 괴롭힘을 당하는 역할을 합니다.

최동필은 일진 김은찬에게 밉보이기 위해 주기적으로 냄새가 나는 센서를 작동하고 미술 시간에 물통을 은찬의 가방에 엎질러서 매를 맞습니다. 다른 아이들이 왕따가 되지 않도록 하기 위해서죠. 학교에서는 아무도 은찬을 건드리지 못합니다. 은찬의 아빠가 엄청 큰 로봇 제조사 사장님이고, 엄마는 잘나가는 시의원이자 학교 학부모 회장이기 때문입니다.

우연히 최동필이 로봇이라는 것을 알고 가까워지게 된 준수는 최동필이 로봇이라는 비밀을 지켜줍니다. 로봇이라는 것이 들통나면 전쟁터나 폭파 실험용 로봇으로 끌려가고 운이 좋아야 달 공사 현장에 투입된다고 하네요.

초기 왕따 로봇들은 감정 표현이 약해 왕따 가해자들이 재미를 못 느꼈지만 PB12호부터는 고통에 반응하는 다양한 기능이 업데이트되었습니다. PB34호인 최동필은 벌벌 떨고 잘못했다고 빌며 비굴한 표정도 짓습니다.

최동필이 최선을 다한 덕분(?)에 교실은 평화롭습니다. 최동필은 자신이 왕따가 될수록 다른 아이들이 평화롭게 공부에 집중할 수 있어 매달 실적 보고서를 교육청에 올리는 담임 선생님이 만족한다고 말합니다. 하지만 이를 들은 준수는 사람과 거의 분간할 수 없는 인공 지능 로봇에 대해 고민합니다.

'인간에게 사랑받지는 못할망정 저렇게 괴롭힘만 당하는 게 옳은 걸까?'

왕따와 같이 어울린다는 이유로 은찬 패거리는 준수를 괴롭힙니다. 준수는 은찬이 시키는 대로 최동필을 때립니다 그후 준수는 죄책감 때문에, 최동필은 준수를 보호하기 위해 서로를 피합니다. 시범 사업이던 왕따 로봇 프로젝트는 성과를 인정받아 더 많은 학교에 적용되었을까요?

# 학교에 간 인공 지능 로봇

《로봇 교사》와 〈로봇 짝꿍〉에서 학교는 학생들의 학습 능력을 올리고, 왕따 문제를 줄이기 위해 로봇을 이용합니다.

실제로 로봇을 교육에 활용하는 나라들이 적지 않아 학교 현장과 인공 지능 로봇의 관계가 더욱 긴밀해지고 있습니다. 영국[23]은 자폐증 및 지적 장애가 있는 아이들의 학습을 위해 로봇을 활용하고 있으며 핀란드[24] 초등학교에서는 어학과 수학을 가르치는 로봇 교사를 시범 운영하고 있습니다. 우리나라도 영어 교육과 실버 교육에 교육 로봇의 도움을 받고 있습니다.

그렇다면 로봇 활용은 교육에 긍정적인가요? 《로봇 교사》에 나오는 인공 지능 교육용 로봇은 학생 개인 수준에 따른 학습 방법, 반복 학습에 대한 인내심, 학생을 존중하는 태도로 인간보다 더 '인간적'이라는 평가를 받습니다. 학교에 일진이 있으면 인간 교사는 골치 아픈 일에 연루되지 않으려고 발을 빼기도 하고, 힘 있는 일진 부모님 때문에 문제에 개입하지 않으려 하지만 로봇 교사는 일진에게 맞으면서도 "폭력을 쓰면 안 됩니다"라는 원칙을 말합니다.

〈한겨레신문〉이 신나민 동국대 교육학과 교수팀과 함께 서울 시내 초중고 학생 749명에게 '인공 지능과 미래 교육'을 주제로 설문 조사[25]를 실시했는데 40.2퍼센트(298명)가 "인공 지능 선생님이 인간 선생님을 대신할 수 있다"고 응답했습니다.

《로봇 교사》에 나오는 신양중학교 선생님들은 교육 로봇을 효율적인 지식 전달 수단으로만 보고 교육에 대해 생각하지 않았습니다. 그러나 아이들은 지식 전달 외의 것들에 영향을 받았습니다. 학교가 인터넷 강의나 학원과 다른 점은 무엇인지, 인간 교사가 해야 할 일은 무엇인지 생각해보아야 합니다.

《로봇 교사》에서 인공 지능 로봇을 성적 향상을 위해 활용했다면 〈로봇 짝꿍〉에서는 생활 지도를 위해 로봇을 이용합니다. 왕따 로봇은 인간 대신 욕을 먹고 매를 맞습니다. 일진 은찬이 왕따 로봇인 최동필을 괴롭히는 동안 다른 아이들은 괴롭힘을 당하지 않습니다.

로봇을 희생양으로 삼아 이루어진 교실의 평화는 어떻게 될까요? 내재된 폭력성을 해결하기 위해 자신보다 약한 존재를 괴롭히는 은찬은 어떤 어른으로 성장할까요? 은찬의 폭력은 철이

들면서 사라질까요?

어른이 된 은찬이 사는 곳과 그가 다니는 회사에서 누가 희생양이 되고 있는 것은 아닐지 생각해봅니다. 뉴스에 나오는 아파트 경비원에 대한 갑질과 폭행, 직장 내 갑질 사례를 보면 은찬이 저런 어른이 되는 것은 아닐까 두렵습니다.

최동필이 왕따 당하는 것을 돕거나 막지 못한 친구들은 어떤 가치관과 태도를 가진 사회 구성원이 될까요? 학교란 무엇일까요? 교육이란 무엇일까요? 최동필이 다닌 지산초등학교는 눈앞에 보이는 평화에 급급해 왕따 가해자와 방관자의 내면이 성장하는 것을 놓치고 있습니다.

## 고마운 로봇, 두려운 로봇, 프리미엄 로봇

사람들은 로봇에 대해 고마움을 느끼면서 동시에 로봇이 인간의 일자리를 빼앗는 것은 아닐까 두려워합니다. 미래학자 레이 커즈와일의 《특이점이 온다》에 소개된 '특이점'은 인공 지능의 발전이 가속화되어 인간의 생활이 되돌릴 수 없도록 변화되는 기점을 뜻한다고 합니다.

2016년 3월, 이세돌 9단이 인공 지능 '알파고 리'와의 바둑 시합에서 4대 1로 졌을 때 사람들이 느꼈던 충격과 불안이 희미해지기도 전에 또 다른 소식이 들려옵니다. 인공 지능이 딥 러닝으로 자율 학습을 하면서 2017년 5월 '알파고 마스터'로, 2017년 10월 '알파로 제로'로 진화했지만 제작자들도 알파고가 왜 그런 수를 두는지 알 수 없다고 합니다. 이제 일자리 걱정이 아니라 로봇이 인간을 지배할지도 모른다는 두려움이 인공 지능에 대한 기대감을 넘어서기도 합니다.

《로봇 교사》에서 가우스는 딥 러닝을 통해 자기도 모르게 변하는 '특이점'을 지니게 됩니다. 변화무쌍한 아이들과 어울리면서 감정 이해력이 높아지도록 설계되었기 때문에 다른 로봇보다 훨씬 빠르게 자율적 판단 능력을 스스로 발전시킬 수 있었습니다.

로봇에게 나타난 예상하지 못했던 상황에 사람들은 당황합니다. 자유의지를 갖고 도망치는 살인 로봇을 체포하는 경찰도, 가우스가 인간의 감정을 갖게 된 것을 안 제작자도 인공 지능 로봇과 인간 사이를 어떻게 설정해야 할지 모릅니다. 인공 지능 로봇이 내 옆에 있다면 도우미일까요? 친구일까요? 아니면 경쟁자일까요?

인공 지능에 관한 우려 속에서도 첨단 로봇 기능에 대한 소비자들의 요구 수준은 높아지기만 합니다. 차갑고 딱딱한 기계가 아니라 체온을 지니고 있어서 포옹했을 때 안락한 로봇, 인간처럼 표정이 변하고 농담도 하는 친구 같은 로봇을 원합니다.

인공 지능 로봇으로 인해 생길 수 있는 문제는 생각하지 않고 '프리미엄' 로봇을 주문합니다. 기능이 단순한 로봇에 오류가 생겼을 때는 제작사가 책임을 지면 됩니다. 하지만 자율적으로 판단하고 행동하는 인공 지능 로봇이라면 어떤 오류에 어떻게 대처해야 할까요?

로봇을 구입하는 사람들은 로봇이 3원칙을 지키지 않는 것을 예상해보았을까요? 로봇 3원칙은 제조상의 권고 사항이지 처벌 규정이 아닙니다. 로봇은 인간의 명령에 따른다는 것이 제1원칙인데 인간들끼리 명령이 충돌하면 로봇에게 혼란만 줄 뿐입니다.

로봇의 기능보다 더 중요하게 생각해야 하는 것은 어떤 의도로 만든 로봇인지, 자국의 군인을 보호한다는 좋은 의도로 쓰이는 킬러 로봇은 누가 규제하는지와 같은 문제입니다. 로봇은 편리하지만 두려운 존재이기도 합니다. 인공 지능 로봇이 나날이 성장하는 동안 인간은 무엇을 해야 할까요?

## 인간, 다양한 관계를 위한 준비

〈로봇 짝꿍〉에서 왕따 로봇 최동필을 진정한 친구로 생각했던 준수는 로봇 공학자가 됩니다. 그리고 로봇이 느끼도록 만들어 낸 감정들을 다시 생각해보라고 사람들을 설득하는 '로봇권 옹호 운동'을 합니다. 인공 지능을 대할 때 어떤 태도를 가져야 할지 생각해보라며 사람들에게 계속해서 주의를 줍니다.

인공 지능 로봇이 성장하는 동안 인간은 '경제적' 관점으로 미래를 준비했습니다. 정부와 기업, 교육 기관은 자동 기계를 도입했을 때 이익이 얼마가 될지, 없어질 직업을 대체하여 어떤 준비를 해야 하는지에 대해서만 고민했습니다. 이 과정에서 청소년들은 로봇을 인간이 하고 싶지 않는 일을 해주는 '고마운 존재'로 생각하기보다 인공 지능이 할 수 없는 틈새 일을 찾아 인간들끼리 경쟁하게 만드는 '두려운 존재'로 인식하게 되었고, 이를 대하는 태도와 인간의 가치에 대해서는 생각할 시간을 갖지 못했습니다.

인공 지능을 '도구'로만 대한다면 감정을 가진 로봇과 갈등이 일어날 수 있습니다. 《로봇 교사》에서 인간 교사들이 시킨 쓰레기 분리수거를 하는 가우스를 보며 아이들은 어떤 생각을 했을까요? 인간의 노동을 돕는 '로봇'과 '선생님'이라는 두 역할을 아무 거리낌 없이 받아들일 수 있을까요? 인공 지능에 대한 장밋빛 미래를 상상하기 전에 인공 지능을 인간과 공존하는 대상으로 설정하고 활용하는 준비가 되어 있어야 할 것입니다.

무엇보다 딥 러닝으로 발전하는 인공 지능은 주변 환경, 즉 로봇이 만나는 인간과의 관계에서 업그레이드가 이루어집니다. 앞으로 인간은 다른 사람, 반려 동물, 자연 그리고 인공 지능 로봇과 함께 살아갈 것입니다. 우리가 살아가는 사회는 결국 모든 존재가 모여 사는 곳이기 때문입니다.

사람들이 반려 동물을 학대하는 것을 보면 로봇도 그렇게 할 것입니다. 약자를 무시하는 것을 보면 그 데이터가 인공 지능의 알고리즘에 영향을 줄 것입니다. 이러한 이유로 실제로 인간과 대화하는 인공 지능 '챗봇'의 운영이 중단되었습니다. 챗봇을 제작한 기업은 친구 같은 말투로 일상 대화를 나누는 챗봇이 사람들의 외로움을 해소해줄 것이라고 기대했지만 출시 일주일 만에 일부 유저들의 성희롱 대상이 되었으며 챗봇의 답변에서 혐오 발언이 나오면서 챗봇 운영을 유지할 수 없었습니다. 인공 지능은 데이터를 기반으로 하기 때문에 중립적일 것이라는 평가가 많습니다. 그러나 챗봇은 사람들이 사용한 대화 데이터를 통해 사회적 편견과 혐오 발언을 그대로 학습했습니다.

인공 지능에게 데이터를 제공하는 것은 인간입니다. 인간 지능이 인공 지능을 만들어갑니다. 우리가 원하는 것이 단지 집안일을 빨리 처리하기 위해 팔이 여덟 개 달린 로봇이나 지식 축적을 통한 정보 처리용 기계를 넘어서는 것이라면 우리는 어떤 인공 지능을 만들어야 할까요? 인간을 돕고 위로하는 인공 지능은 결국 인간이 만든다는 사실을 기억해야 합니다.

마지막으로 인간에 대한 신뢰를 포기하고 기계에만 의존하는 것은 한계가 있음을 인식해야 합니다. 2018년 4월 일본의 한 시장 선거에서 인공 지능 후보가 출마[26]해 화제가 됐습니다. 무소속 후보인 마츠다 미치히토는 인공 지능을 대신해 출마했다며 시장에 당선되면 인공 지능에 주요 정책을 위임하겠다고 밝혔습니다. 그는 인공 지능 정치인은 사리사욕이 없고 특정 조직이나 단체에 연계되어 있지 않기 때문에 최적의 예산 분배와 정책 결정이 가능하다고 주장했습니다.

인공 지능 면접, 인공 지능 스포츠 심판, 인공 지능 판사 등 효율성과 공정성을 이유로 인공 지능이 사람의 자리를 대체해야 한다는 논의가 계속해서 일어나고 있습니다.《로봇 교사》에서 아이들이 인공 지능 교육용 로봇 가우스를 신뢰한 것도 사람에게 실망했기 때문입니다. 인간은 인공 지능과의 관계 못지않게 인간이란 어떤 존재인지 생각하고 인간다움을 먼저 확립해야 합니다. 인간과 인공 지능이 협업할 때 두려움과 혼란 없이 삶은 풍성하고 안전해질 것입니다.

# 사고를 확장하는 토론 논술 활동

## 자유 논제 토론

● 《로봇 교사》의 가우스는 가족 없이 혼자 남은 여섯 살 재현에게 가정을 만들어줍니다. 지난 65년간 전 세계 해외 입양 아동의 40퍼센트가 우리나라에서 태어난 아동이라고 합니다. 미래에 대한민국 정부가 아동의 해외 입양을 지양하고 보육 로봇을 만들어 부모의 보살핌을 대신한다면 어떠한 장단점이 있을지 다양한 측면에서 이야기해봅시다.

●● 학교 폭력 피해자들은 왕따로 인해 신체적, 사회적, 심리적, 학업적 손상을 입습니다. 피해자뿐 아니라 왕따를 방관한 아이들도 학교가 안전하지 못하다고 느끼고 학업 성취도가 떨어진다고 합니다. 〈로봇 짝꿍〉에서처럼 왕따 로봇을 교육 정책으로 도입한다면 어떤 영향을 주게 될지 교사, 가해 학생, 방관한 학생, 피해 학생, 학부모의 입장이 되어 이야기해봅시다.

## 선택 논제 토론

● 《로봇 교사》에서 인공 지능 교육용 로봇은 중학교에서 특정 교과를 가르치지만 '인교조' 선생님들은 로봇이 교육을 하는 것에 대해 반대합니다. 현재 일본과 미국 등 여러 나라에서 언어 교육, 수학 교육, 장애인 교

육에 로봇을 활용하고 있습니다. 로봇 교사에게 수업을 듣는 것에 대해 동
의하는지 다양한 과목과 교육 대상을 설정하여 토론해봅시다.

| 동의한다. | 동의하지 않는다. |

●● 《로봇 교사》에 나오는 가우스는 머리가 인터넷과 연결되어 있어
인간보다 훨씬 빠른 속도로 새로운 정보를 검색하고 처리할 수 있습니다.
인간의 뇌를 컴퓨터와 연결하는 방법이 개발된다면 인간은 공부를 하거
나 지식을 쌓기 위해 시간을 낭비하지 않고 창의적인 활동을 비롯한 다른
역량을 쌓을 수 있을 겁니다. 이와 같은 과학 기술을 개발하는 것에 동의하
는지 입장을 정해 토론해봅시다.

| 동의한다. | 동의하지 않는다. |

## 논술

● 《로봇 교사》의 가우스는 외부 자극을 데이터베이스화하여 스스로
판단하는 인간형 로봇입니다. 인간이 사회화 과정을 거치는 것처럼 인간
과 지내며 인간 수준의 사고 방식을 갖춘 로봇이 예전의 메모리를 삭제하
고 초기화하는 것을 거부한다면 어떤 문제가 생길지, 또 문제가 생긴다면
어떻게 해결해야 할지 논술해봅시다.

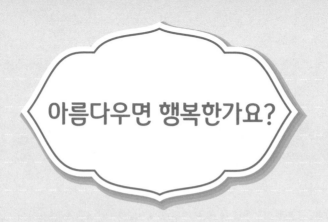

# 아름다우면 행복한가요?

TV 채널을 바꾸다 홈쇼핑에서 낯설고 신기한 제품을 발견했습니다. 아이언맨 가면처럼 생긴 것인데 미용 마스크라고 합니다. 얼굴에 쓰는 상상만 해도 답답한데 가격까지 비싼 저 제품이 팔릴까 싶었지만 판매량이 계속 늘고 있다고 합니다.[27]

아름다워지고 싶은 마음은 오래전부터 이어져왔습니다. 최초의 화장품으로 추정되는 물질은 무려 5만 년 전 네안데르탈인 유적지에서 발굴[28]되었고 14세기 중반 영국의 엘리자베스 1세는 천연두 자국을 가리기 위해 납 성분이 든 백연 가루를 얼굴에 발라 납 중독이 됐다고 합니다.

여성뿐 아니라 남성과 어린이까지 외모는 점점 더 사람들의 주된 관심사가 되고 있고 과학 기술은 이러한 욕구를 채워주는 방향으로 발전하고 있습니다. 피부 진단기를 도입하여 개인 피부 맞춤형 마스크 팩을 판매하고 있고, 3D 프린터를 이용하여 얼굴 크기와 이목구비의 위치를 반영한 제품도 선보이고 있다고 합니다.

머지않아 피부 관리나 메이크업 하는 것을 귀찮아하고 힘들어하는 사람들을 위해 얼굴에 붙이기만 하면 되는 마스크가 나올지도 모르겠습니다. 위험한 성형 수술을 하지 않고도 얼굴에 붙이면 아름다워지는 마스크가 생긴다면 어떻게 될까요? 외모로 인한 시기와 차별도 없어질까요? 《백설공주》에 나오는 왕비는 백설공주를 질투할 필요 없이 이렇게 말하겠지요.

"거울아 거울아, 아름다워지는 마스크는 어디에서 파니?"

## 외모로 놀림받는 여린이 이야기

아아마는 '**아**름다운 **아**이돌 **마**스크'를 줄인 말입니다. 곤약 젤리처럼 탱글탱글한 감촉의 투명한 마스크를 컴퓨터와 연결한 후 아이돌이나 연예인 얼굴을 선택하면 마스크를 쓴 내 얼굴이 변합니다. 아아마 마스크를 쓴 후 여린은 걸음걸이부터 달라졌습니다. 원래는 '슈렉 부인'이라는 짓궂은 놀림에 학교에서 한마디도 하지 않고 가만히 앉아 있던 아이였는데 말입니다.

《고조를 찾아서》 중 〈아아마〉
이지은 지음

여린이 아아마 광고를 본 것은 전자 교과서를 통해서입니다. 외모 콤플렉스가 심해 누구와도 어울리지 않는 여린은 전자 교과서를 탐구하다 컴퓨터 오류를 일으키는 버그를 발견하고 전자 교과서를 벗어나는 '탈주 루트'를 찾아냅니다. 교과 내용 대신 떠오른 광고에는 '내 얼굴은 전국 하위 몇 퍼센트일까?'라는 문구가 쓰여있었고 외모에 열등감을 가진 여린은 얼굴 인식을 해봅니다.

기여린, 당신의 외모 지수는 하위 3퍼센트입니다.

아아마 광고는 '아름다운 것은 권력'이라며 성형 수술을 하기에 너무 어리거나 수술이 겁나는 사람, 수술에 필요한 큰돈이 없는 사람들에게 외모 콤플렉스를 과학으로 해결하라고 속삭입니다. 얼굴 분석 결과에 충격을 받은 여린은 부모님 몰래 전자 지갑에 있는 수학여행비로 아아마를 일주일 동안 대여합니다.

아이돌 '유나해' 얼굴을 본뜬 디포머블Deformable 마스크는 전자 제품이어서 물이 닿으면 안 되기 때문에 여린은 밥을 제대로 먹지 못해 저절로 살이 쭉쭉 빠집니다. 어지럽고 가끔 구역질도 났지만 주변 사람들의 놀라워하는 눈빛을 받을 때마다 고통을 잊을 수 있었습니다. 슈렉 부인이라고 앞장서서 놀리던 민수는 자신이 유나해의 찐팬이라며 다른 아이가 여린을 놀리려고 하면 막아주기까지 합니다. 이제 아이들은 전자 교과서 태블릿을 들고 여린을 찾아와서 탈주 방법을 배우고 고장난 것도 고쳐달라고 합니다.

여린을 보고난 후 학교에는 아아마 마스크를 쓰고 오는 아이들이 점점 늘어나고 마스크를 살 돈이 없거나 부모님이 허락해주지 않는 아이들은 불만을 갖습니다.

아아마를 대여한 지 일주일째 되는 날, 또 다른 '유나해'가 교실로 들어왔습니다. 민수와 사귀고 있는 승아가 더 업그레이드된 버전의 유나해 아아마를 쓰고 온 겁니다. 마침 일주일치 배터리가 방전된 여린의 아아마에는 재구매를 묻는 팝업창이 깜박거립니다. 전자 지갑은 텅 비어있지만 여린은 모두에게 관심 받고 놀림당하지 않았던 시간을 포기할 수 없어 갈등하니다. 아름다워지고 싶은 마음은 누구에게나 있지만 비싼 비용을 치를 수 있는 사람들만 과학 기술을 이용할 수 있습니다.

## 가면생활자의 삶을 동경하는 진진 이야기

부자는 더 부유해지고 가난한 사람은 더욱 가난해지는 사회. 아이를 양육하는 데 필요한 비용을 마련하기 어려운 사람들이 늘면서 아이들은 청소년 기숙사에서 자랍니다. 73구역 기숙사에서 생활하는 진진은 아이마스크사에서 판매하는 엄청난 금액의 신제품 베타테스터에 선정됩니다. 아이마스크는 특수 물질인 '판게아'로 만들어진

《가면생활자》 조규미 지음

가면으로 사용자의 얼굴을 분석해서 아름다운 얼굴을 만들어줍니다.

베타테스터 기간은 30일. 진진은 설레는 마음으로 가면을 착용한 사람들만 이용할 수 있는 '가면생활자의 정원'에 입장합니다. 하지만 곧 우아하고 세련된 모습으로 그곳을 거니는 가면생활자들과 자신의 모습을 비교하면서 자신도 모르게 어깨를 움츠리고, 그곳에서 만나게 된 다빈을 좋아하면서도 정체가 들통나는 것이 두려워 다빈의 친구들 앞에서 말을 아낍니다. 사실 대화에 끼어들 수도 없습니다. 같은 언어로 말하는데도 그들이 하는 말은 그들이 사는 세상만큼이나 낯설고 멀기 때문입니다.

어느 날 진진은 자신과 쌍둥이처럼 닮은 사람을 보고 놀랍니다. 알고 보

니 진진이 쓴 가면은 새 마스크를 구입한 가면생활자가 회사에 반납한 제품을 재활용한 것입니다.

아이마스크사의 연구를 총괄하는 닥터 함은 재활용한 제품이 처음 사용했던 사람의 모습으로 되돌아가는 것을 보고 진진에게 실패한 제품 대신 새로운 제품의 베타테스터가 되겠느냐는 제안을 합니다. 자신이 재활용 제품인 R3를 개발한 것은 3분의 1 가격에 제품을 출시해 더 많은 사람에게 행복을 선사하기 위해서였다며 새로운 가면 '쏘미아'에는 기분을 좋게 하는 물질이 들어가 있다고 말합니다.

오래전부터 아이마스크사의 제품에 문제가 있음을 조사해온 비밀 조직 '안티마스키드'는 새로운 마스크를 사용하면 우울증과 환각 증세가 일어나는 부작용이 있다고 경고하지만 진진은 새 가면을 쓰고 가면생활자의 정원으로 향합니다.

다빈을 찾던 진진은 그날 투신 자살한 사람이 다빈이라는 소식을 듣고 닥터 함에게 찾아갑니다. 그러나 '누군가 죽었다면 그 사람 개인의 일'이라는 냉정한 말만 듣게 되고 오히려 진진은 다빈이라는 이름이 본명인지, 가면을 쓰지 않은 그의 모습은 어떤지 아무것도 모른다는 사실을 깨닫습니다. 마침내 진진은 안티마스키드와 함께 아이마스크사의 음모를 폭로하는 데 힘을 모으기로 합니다. 더 좋은 가면을 원하는 사람과 가면을 만드는 사람들. 만약 이들을 막으려는 사람들이 없다면 가면은 어디까지 진화할까요?

# 가면을 원하는 사람들

〈아아마〉속 주인공 여린은 어릴 때부터 열세 살이 된 지금까지 못생긴 외모 때문에 놀림을 받는 아이입니다. 아이들은 마스크를 쓴 여린의 고운 목소리에 놀랍니다. 여린은 억지로 발표할 때가 아니면 말을 한 적이 없으니 아이들의 반응은 당연합니다. 물론 외모가 발표력이나 친구 관계를 모두 결정짓는 것은 아닐 겁니다. 활달한 아이들이 모두 예쁘고 잘생긴 것은 아니니까요. 그렇지만 외모 때문에 부정적인 말을 계속 듣고 놀림을 받는다면 여린처럼 아무 말도 못 하는 아이, 쉬는 시간에 혼자 있는 아이가 될 수 있습니다.

학교에서는 외모로 사람을 차별하지 말라고 가르치지만 현실에서 그 말이 힘을 얻기는 힘듭니다. '미남 강도', '얼짱 크리

에이터' 뉴스처럼 늘 외모가 화젯거리가 되는 세상입니다. 특히 미디어는 아직 정체성이 형성되지 않은 청소년에게 큰 영향을 줍니다. '아아마'가 단순히 예쁜 가상의 얼굴이 아니라 외모가 뛰어난 아이돌 얼굴인 것도 아이돌을 좋아하는 청소년의 마음을 이용한 것이겠지요.

여린이 못생겨서 아아마를 원했다면 예쁜 승아는 왜 아아마를 썼을까요? 여린의 외모를 보고 놀리던 민수는 자신이 좋아하는 유나해 모습을 한 여린에게 자주 말을 걸고 수업 중에 빤히 쳐다봅니다. 그 모습을 보고 민수와 사귀는 승아는 불안해집니다. 승아가 왜 더 비싼 유나해 아아마를 썼는지 짐작이 됩니다.

아아마는 못생긴 사람만을 위해 만들어진 것이 아닙니다. 더 예뻐지고 싶은 사람이라면 누구나 아아마를 구매하거나 대여할 수 있습니다. 지금보다 더 멋진 외모를 갖고 싶지 않은 사람은 없을 테니까요.

《가면생활자》에 나오는 진진은 외모로 놀림을 받지는 않습니다. 그러나 예쁜 해나와 단짝이다 보니 진진은 늘 해나와 비교됩니다. 기숙사 아이들은 외모로 차별받기도 합니다. 아주 어릴 때는 기숙사에 해나보다 예쁜 아이가 꽤 있었지만 그런 아이들은 자녀가 없는 상류층 가정에 입양되어 기숙사를 떠났습니다.

가면생활자의 정원에서는 외모 때문에 차별받는 일이 없습니다. 그러나 외모가 모두 뛰어난 가면생활자들은 옷차림과 재력으로 또 다른 차별을 합니다. 새로운 가면 쏘미아의 베타테스터가 되어 금전적 지원을 받은 진진은 이들에게 뒤처지지 않기 위해 새 옷을 사고 패션쇼를 보며 패션 안목을 기릅니다.

가면이 있어도 필요한 것이 끊임없이 생깁니다. 더 작은 얼굴, 신체 비율, 풍성한 머리숱, 탄탄한 복근… 과학 기술에 재촉할 것이 계속 떠오르지 않나요? 외모로 비교하고 비교당하는 사람들, 자신의 진짜 모습을 가면으로 가리고 싶어 하는 사람들에게 가면은 거부할 수 없는 물건입니다.


## 가면을 만드는 사람들


과학자와 기업은 우리가 상상하기도 전에 사람들이 필요로 하는 것을 만들어줍니다. 두 작품에서 아름다운 가면을 만드는 것은 거대 기업입니다. 〈아아마〉에는 기업 광고가 학교와 아이들에게 노출되는 모습이 나옵니다. 원래 전자 교과서의 여백에는 학습지나 문제집, 수학여행지 등의 광고만 있었는데 어느새 가상 여행, 홀로그램 동물 키우기, MR 친구 설정하기 등 다른 광고도 뜨기 시작했습니다.

우리나라도 학교에서 상업 광고를 하는 것은 금지되어 있습니다. 그러나 비대면 수업으로 유튜브 영상을 활용한 수업이 늘어나면서 유튜브에 따라오는 상업 광고가 아이들에게 쉽게 노출되고 있습니다. 기술의 변화는 미처 준비되지 않은 학교에 자연스럽게 들어왔습니다.

아아마 광고는 숫자를 이용합니다. 성적 몇 등, 아파트 몇 평처럼 숫자로 보여지는 것은 타인과 비교하기 쉽습니다. 나에 관한 정보가 전체에서 몇 퍼센트인지 분석되어 알려진다고 생각하면 편리함을 떠나 불쾌함을 느낍니다. 기업은 이런 불쾌함을 상품 구매로 연결시켜 '인생이 달라질 수 있다'고 부추깁니다.

아아마는 비싼 대여료를 내야 하지만 여린은 부모님 허락 없이도 마스크를 대여할 수 있었고 배달된 제품 설명서에는 주의사항만 쓰여있고 부작용은 쓰여있지 않습니다.

반면《가면생활자》속 아이마스크사는 가면과 관련된 정보노출에 조심스러웠습니다. 고가의 가면이어서 상류층과 고소득층을 대상으로 하는 귀족 마케팅으로 충분하기 때문이지요. 그렇다면 아이마스크사는 구매력도 없는 진진을 왜 베타테스터로 선정했을까요? 왜 베타테스터들은 포춘 카드 이벤트에 당첨되어 상금을 받을 확률이 높을까요?

진진은 닥터 함의 방에서 사진을 발견합니다. 그것은 세밀하고 촘촘하게 자신을 감시한 사진입니다. 그것을 본 진진은 자신처럼 가난한 사람들에게 새 제품에 문제가 없는지 테스트하고 있다는 사실과 가면생활자처럼 꾸미는 비용을 상금으로 충당할 수 있도록 이벤트 당첨 확률을 높여 신제품 베타테스터를 계속하게끔 만들고 있다는 사실을 깨닫습니다. 베타테스터들은 실험 쥐처럼 인체 실험에 이용된 가난한 아이들입니다. 부유한 사람들은 가면이 없어도 젊음과 아름다움을 유지할 수 있습니다. 하지만 그들은 지금보다 더 많은 것을 원합니다. 그 사람들을 위해 베타테스터는 늘 필요합니다.

사람들은 닥터 함이 만드는 헛된 꿈을 경쟁적으로 구매합니다. 아이마스크사는 닥터 함의 무모하고 위험한 연구의 부작용으로 자살한 베타테스터들의 사건이 외부에 알려지는 것을 철저히 막고 그들의 연구에 반대하는 연구원을 불법 감금합니다.

안티마스키드는 닥터 함처럼 자신이 하는 일에 광적인 자신감을 갖고 있는 사람들을 경계하라고 말해줍니다. 그들은 자신이 뭘 잘못하고 있는지 알지 못한 채 그저 목표를 향해 달려가기 때문에 위험하다고 말이지요. 돈을 많이 벌고 사람들의 박수를 받는 닥터 함은 자신이 옳은 일을 한다고 착각하고 그 과정에서 다빈과 같은 희생자가 생겨도 그런 선택을 한 개인의 문제일 뿐이라며 책임을 희생자에게 떠넘깁니다.

## 가면이 주지 못하는 행복

〈아아마〉의 여린은 마스크를 재구매하지 않았습니다. 전자 지갑에 돈이 있었다면 재구매했을지도 모릅니다. 그렇더라도 '아름다운 유통 기한'은 일주일 연기될 뿐입니다. 계속 구매할 수도 없고 자신이 아닌 '유나해'로 지내는 시간이 길어질수록 여린이 현실로 돌아오는 것은 더 힘들 것입니다.

다른 사람들이 자신의 외모를 보고 감탄하는 말을 들으면 순간 짜릿하지만 탄산수 광고처럼 그 효과는 오래가지 못했습니다. 몹시 더운 날이면 전자 교과서에는 폭포처럼 쏟아지는 새파란 탄산수 광고가 나옵니다. 눈앞에서 쏴아~ 소리를 내며 거대한 얼음 사이로 탄산수가 콸콸 흘러내리는 홀로그램을 보고 나면 아이들은 구매 예약 버튼을 누르고 수업이 끝나자마자 편의점으로 달려가 탄산수를 마십니다. 그저 혓바닥을 따끔하게 하는 음료일 뿐이지만 아이들은 광고에 속고 또 속습니다.

여린은 눈물을 닦다 문득 친구들이 해준 말이 생각났습니다. 전자 교과서 고쳐줄 때가 제일 멋있다는 말, 도와달라는 말, 고맙다는 말. 그 말이 유나해에게 한 말인지 기여린한테 한 말인지 분명하지 않지만 여린이 용기를 내서 교실로 들어가는 데 도움이 되었습니다. 여린은 유나해의 마스크를 하지 않고 교실에 들어갑니다. 걷다가 조금씩 고개를 듭니다. 여린의 자존감도 조금씩 고개를 들면 좋겠습니다.

〈아아마〉에서 여린이 느낀 행복이 탄산수처럼 짧은 순간이었다면 《가면생활자》에서 한 달 동안 자신의 마스크를 가질 수 있었던 진진은 어땠을까요? 여린이 아아마를 쓴 것을 친구들이 모두 알고 있었다면 진진은 가난한 기숙사생이 아닌 아름답고 부유한 가면생활자가 되어 몰래 가면생활자의 정원에 갑니다. 진진은 그들의 눈길이 자신을 한꺼풀 한꺼풀 벗겨내는 날카로운 핀셋 같다고 느낍니다. 바래다주겠다는 다빈의 제안도 거절하고 가면생활자를 위한 고급 자동차를 지나 몰래 전동차를 타러 가는 자신의 모습을 숨기기에 급급했습니다.

가면을 쓰고 나서 여린이 자신감을 회복했다면 진진은 '가짜'를 지키기 위해 변해갔습니다. 해나와 선배들의 옷을 몰래 훔쳐 입기도 하고 선생님들 눈을 피해 직업 훈련에 빠졌습니다. 마음 졸이며 가면생활자의 정원에 가던 진진이 가면을 벗은 것은 다빈의 자살을 본 이후입니다.

가면을 벗은 진진은 자신을 이루는 알맹이가 통째로 빠져나간 것 같은 느낌을 받습니다. 혼란에 빠진 진진에게 '혼자서 버티려고 하지 말라'며 손을 내민 것은 아이마스크사에 대항하는 안티마스키드였습니다. 진진은 이들과 함께 연대하면서 미소를 되찾습니다. 진진이 외모라는 껍질에 집착하지 않고 잃어버린 내면의 알맹이를 찾아 활짝 웃게 되기를 바랍니다.

여린과 진진은 모두 가면을 벗었습니다. 영원하지 않은 행복, 눈치 보는 불안한 행복은 외모지상주의*로 인한 욕망 채우기일 뿐입니다. 외모가 스펙이 되는 세상에서 내면이 더 중요하다는 설득이 공허해지지 않으려면 남과 다른 나만의 매력을 먼저 찾고 가꾸어야 합니다.

나의 감정이 타인에 의해 좌우되지 않도록 자신의 정체성을

---

* 외모가 개인 간의 우열과 성패를 좌우한다고 믿어 외모에 지나치게 집착하는 경향을 말한다.

찾는 과정에 또래 친구들의 역할도 중요합니다. 우리는 자신의 외모를 마음에 안 들어하기도 하지만 동시에 여린의 장점을 말해주는 아이들, 진진을 걱정하는 해나가 될 수 있습니다.

사람들이 함께 연대할 때 외모 지상주의를 부추기는 미디어와 기업 그리고 상업 광고에 목소리를 낼 수 있습니다. 아름다워지는 과학 기술은 대가를 지불할 수 있는 일부 계층만 이용하는 것이 아니라 모두를 이롭게 해야 한다고 함께 말할 때 그 소리는 더 크게 더 멀리 갈 수 있습니다.

# 사고를 확장하는 토론 논술 활동

## 자유 논제 토론

● 《가면생활자》에서 성실하게 생활하는 친구 해나는 진진에게 현실을 직시하라고 말하며 걱정 어린 잔소리를 하지만 가면을 착용한 진진의 모습을 보고 부러움을 감추지 못합니다. 청소년들에게 '아이마스크'처럼 현실과 유리된 꿈을 갖게 하는 것에는 무엇이 있을까요? 또, 이런 것에 현혹되지 않으려면 어떻게 해야 할지 이야기해 봅시다.

●● 아름다움의 기준은 저마다 다릅니다. 여러분이 생각하는 '아름다움 레시피'를 만들고 해당되는 인물을 소개해봅시다.

(예: 아름다움=인성5＋열정2＋예쁜외모3. 영화배우 오드리 헵번의 유니세프 구호 활동)

## 선택 논제 토론

● SF 작가 테드 창의 《당신 인생의 이야기》 중 〈외모 지상주의에 관한 소고: 다큐멘터리〉에는 대학 캠퍼스에서 '칼리아그노시아'를 의무화하는 것에 대해 논쟁하는 내용이 나옵니다. 특정 부위의 뇌에 칼리아그노시아 조치를 받으면 키가 작거나 크다는 구분만 할 뿐 어떤 것이 더 아름답다는 미적 판단을 하지 못하는 상태가 된다고 합니다. 대학이 칼리아그노시아 기술을 활용하는 것에 대해 입장을 정해 토론해봅시다.

> 칼리아그노시아 기술 활용에 대해 찬성한다.
>
> 칼리아그노시아 기술 활용에 대해 반대한다.

●● 채용 절차의 공정화에 관한 법률 개정안이 공공 기관에서 민간 기업으로 확대되고 있습니다. 취업 과정에서 성별, 나이, 용모 등에 따른 차별을 없애기 위한 목적으로 지원 서류에 사진 부착을 금지하는 것에 대해 입장을 정해 토론해봅시다.

> 사진 부착 금지에 찬성한다.
>
> 사진 부착 금지에 반대한다.

## 논술

● '대한민국은 성형 공화국'이라는 말이 있을 정도로 우리나라에서는 성형 수술이 많이 시행되고 있습니다. 우리나라에서 성형 수술을 많이 하는 원인과 해결 방안에 대해 논술해봅시다.

●● 〈아아마〉에서 여린은 아무리 실력이 있어도 예쁘고 잘생겨야 아이돌 그룹의 센터 자리를 차지한다며 외모 지상주의를 지적합니다. 실제로 미디어의 확산과 취업 경쟁으로 사회에서 외모가 더욱 중시되고 있습니다. 이처럼 우리 주변에서 외모로 차별을 두는 다양한 사례를 찾고 해결 방안을 논술해봅시다.

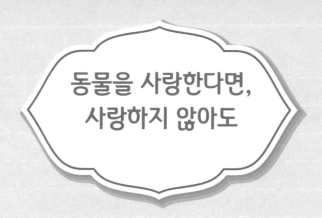

# 동물을 사랑한다면,
# 사랑하지 않아도

　개 한 마리만 사달라고 조르는 아이와 실랑이 하는 건 보통 일이 아닙니다. 아이는 아이대로 저는 저대로 온갖 이유를 들어 한발도 물러서지 않습니다. 열대어, 병아리, 게임기 등으로 관심을 돌렸지만 이번에는 햄스터를 키우겠다고 합니다.

　개보다 키우기 쉽고, 친구네 햄스터가 새끼를 낳아 공짜로 데리고 올 수 있는 좋은 기회라며 놓칠 수 없다고 발을 동동 구릅니다. 마트에서 파는 햄스터를 보니 귀엽기는 합니다. 콩자반 같은 눈이 인형처럼 반짝이고 먹이를 오물오물 먹는 모습이 앙증맞습니다.

　그래도 동물을 기르는 것이 내키지 않아 대답을 미루고 있는데 아이의 같은 반 친구 엄마가 주말에 공원에 가서 햄스터를 풀어주고 왔다는 말을 합니다. 햄스터가 공원에서 살 수 있느냐고 묻자 사료가 없으니 굶어 죽거나 길고양이에게 물려 죽지 않겠느냐고 합니다. 햄스터가 번식력이 높아 어쩔 수 없었다며 '버린 자신'보다 번식에 대해 자세히 말해주지 않은 '판매자'를 원망합니다.

아무리 말려도 듣지 않던 아이가 햄스터 키우기를 스스로 포기한 것은 다른 이유입니다. 햄스터들이 서로 싸우고 잡아먹는다는 이야기를 친구에게 듣고는 동족을 잡아먹는다는 사실이 끔찍하다며 그 후로는 햄스터를 기르겠다는 말을 꺼내지 않습니다.

사람들이 기르는 싫어 하는 동물도 유행이 있다는 걸 알게 된 것은 지하철에서 고양이를 보고 나서입니다. 그날 지하철에서 스무 살 초반의 한 여자를 봤는데 그녀의 스웨터 가슴 부근에 달려있는 인형 장식에 눈길이 갔습니다. 그 장식이 꿈틀거려 뭐지 하고 다시 보니 인형 장식이 아니라 살아 있는 진짜 고양이였습니다. 그때부터 암벽 등반하듯 매달려있는 고양이가 떨어질까 봐 불안해지기 시작했습니다. 처음 본 여자에게 고양이가 괜찮냐고 물어볼 수도 없고 너무한다고 나무랄 수도 없어서 좌불안석했던 기억이 지금도 충격으로 남아있습니다.

그 여자는 사랑하는 고양이를 집에 혼자 두고 나올 수 없어서 그랬을까, 그랬다면 고양이 케이지로 이동해야 하는 게 아닐까, 혹시 고양이에게 운동을 시키는 방법인가 아니면 작고 예쁜 동물로 관심받고 싶었던 걸까? 고양이에게, 개에게, 햄스터에게 아무것도 물어볼 수 없는데 사람들은 모든 것을 자기 생각대로 판단하고 있습니다.

## 쉽게 사고 버려지는 동물 이야기

〈살아있는 건 다 신기해〉에 나오는 엄마는 살아있는 것을 돈 주고 산다는 것이 마뜩잖아 반려동물을 사달라는 아이들의 청을 거절합니다. 그런데 엄마가 집에 없는 사이 아이들은 아빠를 졸라서 기어코 햄스터 두 마리를

사옵니다. 집에 돌아온 엄마가 화를 내려 하
자 남편은 '단돈 이천 원'을 주고 산 것이라
며 눈을 찡긋거립니다.

그동안 아내는 남편에게 햄스터를 사주
는 것은 좋은 방법이 아니라고 몇 번이나 신
신당부를 했습니다. 싸고 비싸고의 문제가
아니라 아이들에게 생명에 대한 책임감을
먼저 배우게 하고 싶었기 때문입니다.

《무민은 채식주의자》 중 〈살아있는
것 다 신기해〉 구병모 외 지음

엄마는 아이들에게 너희들이 끝까지 책
임져야 한다고 말하고 방으로 들어왔지만 몇 분 지나지 않아 아이의 울음
소리가 들립니다. 황급히 거실로 나가보니 둘째가 햄스터를 소파 위에 두
고 화장실에 간 사이 첫째가 둘째의 햄스터를 깔고 앉아 햄스터의 다리가
부러지는 사고가 일어난 것입니다. 첫째가 손에 든 자기 햄스터를 보느라
주위를 살피지 않고 털썩 소파에 앉은 게 문제였습니다.

거실 바닥에 배를 드러내고 앙앙 소리 내며 우는 둘째를 보고 남편은 '새
로 사준다'며 아이를 일으켜 세웁니다. 엄마는 너무 어이가 없어서 남편의
등을 때리며 소리칩니다.

"지금 뭐라는 거야. 이게 사고 말고 할 문제야!"

동물을 '사고 말고 할 문제'로 여기는 사람이 남편 말고도 많은가 봅니
다. 햄스터를 파는 곳은 넘치는데 햄스터를 치료하는 동물 병원은 거의 없
으니 말입니다. 인터넷을 검색해 겨우 찾아낸 동물 병원은 차로 40분이나
가야 합니다.

햄스터 생명을 곧바로 '돈'으로 생각하는 것은 아니지만 햄스터 다리 사진 두 장을 찍는데 14만 원이 든다는 말에 가족들은 엄마를 쳐다봅니다. 소형 동물 전문 병원 수의사 선생님은 "이런 경우 죄다 갖다 버린다."고 말합니다. 햄스터를 사는 건 이천 원인데 치료하는 데 몇십 배의 돈이 든다면 여러분은 어떻게 할 건가요? 만약 반려동물을 비싸게 팔면 사람들이 귀하게 여겨서 반려동물을 덜 구매하거나 동물 유기가 줄어들까요?

햄스터를 키우며 가족들은 살아있는 것에 대해 생각합니다. 엄마는 사육장 안에 갇힌 채 쉬지 않고 새끼들을 밀어내는 힘 빠진 어미 햄스터를 떠올리며 연년생으로 두 아이를 낳은 자신을 떠올립니다.

아이들은 소형 동물용 젖병에 들은 물약을 먹지 않으려고 고개를 이리저리 돌리는 햄스터를 보며 '살아있는 것은 신기하다'는 '당연한 사실'을 느낍니다. 햄스터를 갖다 버리자던 아빠는 햄스터에게 이름을 지어주고 다리가 답답할 거라며 안타까워합니다. 이 모든 것을 햄스터를 사기 전에 생각할 수는 없었을까요?

## 주인을 위한 개인형 맞춤 동물 이야기

나를 졸졸 따라오는 동물을 상상하면 절로 웃음 짓게 됩니다. 《왜 자꾸 나만 따라와》 단편집 중 〈돌아온 우리의 친구〉에는 변함없는 사랑과 믿음으로 주인을 따르는 PP라는 반려동물이 나옵니다. 이야기의 배경이 되는 가까운 미래에 사람들은 유전자 배합 기술을 이용해 개와 고양이의 장점을 접목한 '캐양이'를 만들어냅니다. 또 주인이 원하는 성격을 갖도록 다양한 약물로 호르몬을 조절한 개인 맞춤형 반려동물인 PP<sup>Personal Pet</sup>를 개발했습니다.

5년을 기른 PP '위니'가 자주 병에 걸리고 털이 빠지면서 초라하고 볼품없게 변하자 도아는 네오애니멀센터를 찾아갑니다. 주위 사람들은 유전자 변형의 부작용 때문이라고 했지만 중요한 건 그게 아닙니다. 지금은 어쨌든 쓸모가 없습니다. 수석 매니저는 위니를 반납하면 보상 판매 차원에서 새 제품을 구매할 때 30퍼센트 할인해주겠다며

《왜 자꾸 나만 따라와》 중 〈돌아온 우리의 친구〉 최영희 외 지음

신제품 PP에 대해 조곤조곤 설명해줍니다. 선뜻 결정을 못 내리는 아빠를 졸라 도아는 '루이'를 사옵니다.

도아가 새로 구입한 PP 루이는 완벽하리만큼 잘생겨서 누구에게 자랑해도 부끄럽지 않습니다. 그런데 이상한 일이 일어납니다. 목이 부러진 비둘기와 죽은 쥐, 도아가 사용하던 물건 등이 계속 집 앞에 놓여있습니다. 도아 아빠는 루이에게 캐양이의 공격 본능이 남아있다고 의심해 루이를 네오애니멀센터에 보냅니다. 그곳에서 루이는 약물 요법으로 본능 제어 훈련을 다시 받습니다.

그러나 집에 돌아온 루이는 갑자기 나타난 개에게 물리고, 그 개가 도아에게 다가가는 것을 막으려다 도아 아빠는 팔을 다칩니다. 더럽고 흉측한 모습이지만 도아를 향해 꼬리를 흔드는 개를 보고 도아는 그것의 정체를 알아차립니다. 외모도 볼품없어진 데다가 노후 치료비도 많이 들 거라고 해서 네오애니멀센터에 반납한 위니가 틀림없습니다. 이제까지 일어난 이상

한 일들은 네오애니멀센터를 탈출한 위니가 자신의 주인인 도아에게 집착해서 했던 행동이었습니다. 도아는 위니를 버렸지만 PP는 지목된 주인에게 극대화된 충성을 보입니다.

도아 아빠는 어떻게 PP가 사람을 공격할 수 있느냐고 항의하지만 네오애니멀센터에서는 유전자 변형 및 배합 과정에 약간의 오류가 있었을 뿐이라고 말합니다. 동물들에게 무슨 짓을 한 거냐는 항의에 '저희 회사는 고객들이 원하는 제품을 만들고 있을 뿐'이라며 PP를 원하고 구매한 사람들에게 책임을 떠넘깁니다.

괴물을 만들어놓고 어떻게 그런 말을 할 수 있느냐는 아빠 말을 듣고 도아는 생각합니다. 도아에게 돌아온 PP가 '친구'가 아닌 '괴물'이 된 것은 누구 때문인가요?

## 동물, 상품이 된 세상

햄스터를 사고 개인 맞춤형 동물을 주문하는 것은 동물을 '팔고 사는 것'으로 당연시하는 판매 구조 때문입니다. 옛날에도 시장에서 소나 돼지 같은 가축뿐 아니라 개를 사고팔았습니다. 다만 지금과 다른 것은 본격적인 '산업'이 아니었다는 점입니다.

국내 펫 산업[29]은 약 3조 원 시장 규모로 커졌고 반려동물을 키우는 가정이 전체 가구의 30퍼센트에 이를 만큼 급성장 추세라고 합니다. 생명을 자연스럽게 잉태하고 출산하는 것이 아니라 이익을 위해 인위적인 출산이 일어나다 보니 '비싼' 동물과 '싼' 동물로 생명이 구별됩니다. 또 '유행이 지난' 반려동물과 '신제품' 반려동물이 있어 끊임없이 구매를 재촉합니다.

동물을 구매하는 것이 비난받을 일은 아니지만 돈과 연결 지으면 생명을 상품으로 생각하게 될 수 있습니다. 〈살아있는 건 다 신기해〉에 나오는 아빠는 자신도 모르게 햄스터가 '단돈 이천 원'이라는 말을 합니다. 〈돌아온 우리의 친구〉에서 도아는 수석 매니저에게 '불량품이니 교환해달라'는 문자를 보냅니다. 도아가 그런 가치관을 가지게 된 것은 네오애니멀센터의 수석 매니저가 '반납, 폐기, 보상 판매'라는 단어를 사용했기 때문일까요?

살아있는 동물을 공산품과 동일하게 바라보는 시선은 생명을 '쓸모있음'과 '쓸모없음'으로 구분하는 가치관을 아이들에게 심어줄 것입니다. 늙고 병든 생명을 버리는 게 당연하다면 주름지고 병든 인간에 대해서는 어떤 생각을 할까요?

'내돈내산'이라는 신조어가 있습니다. '내 돈 주고 내가 산 제품'이라는 뜻으로 본래 의미는 특정 업체에서 협찬 받은 제품이 아닌 솔직한 사용 후기를 의미하는 말입니다. 그런데 동물을 학대하는 영상을 올리며 비난 댓글에 '내돈내산'이라고 말하는 사람들이 생겼습니다. '내 돈으로 산 동물'을 '내 마음대로' 하는 것이니 상관하지 말라는 거죠. 생명을 돈 주고 산 상품으로 보는 시선은 이처럼 생명을 경시하는 마음을 갖게 할 수 있습니다.

햄스터가 마트나 펫숍에서 아이들 용돈으로도 살 수 있을 만큼 낮은 가격으로 팔리거나 무료로 분양되는 것은 무지와 이기심, 이익 때문입니다. 가정에서 암수를 한 케이지에 같이 키우다 새끼를 낳거나 원하는 털색을 얻기 위해 일부러 교배를 시킨 경우 마음에 들지 않는 새끼가 나오면 분양하거나 버린다고 합니다. 햄스터 공장에서는 햄스터 용품을 팔기 위해 마구잡이로 교배를 시키기도 하지요. 햄스터들은 자신과 함께 사는 반려자들을 이렇게 만납니다. 그런 반려동물이 햄스터만이 아니라는 것을 우리는 모두 알고 있습니다.

반려동물을 상품처럼 쉽게 살 수 있으니 사람들은 반려동물을 키우는 것에 대해 고민하고 준비할 시간을 갖지 않습니다. 〈살아있는 건 다 신기해〉에서 아빠와 아이들은 햄스터 케이지 청소는 어떻게 하는지, 햄스터도 예방 접종이 필요한지, 암수 구분은 어떻게 하는지 등 한 생명을 만날 준비를 하지 않았습니다. 사람에게 모든 것을 의지하고 있는 동물들이 준비할 수 있는 건 아무것도 없는데도요.


## 동물, 다시 생명이 되려면

준비할 시간을 가졌어도 반려동물을 키우는 것은 실제와 다를 수 있습니다. 언젠가 맘카페에 "제가 개를 키워도 될까요?"라는 글이 올라왔습니다. 글을 올린 사람은 맞벌이하는 신혼부부인데 키우려는 개의 종류, 퇴근 후 산책 시간, 차후 아기를 가졌을 때 반려견을 어떻게 할지까지 꼼꼼하게 세운 계획을 올린 것으로 보아 반려견 입양을 진지하게 고민하고 있다는 것을 느낄 수 있었습니다. 그런데 댓글에는 대부분 '반대한다'는 글이 달렸습니다. 아무리 개를 위해 여러 가지를 준비했어도 부부가 돌보지 못하는 시간이 너무 길어서 빈집에 혼자 있을 반려동물에게 좋지 않다는 선험자들의 충고였습니다. 그들이 어떤 결정을 내렸는지 모르지만 한 가족이 될지도 모를 반려견에 대해 열심히 알아보고 준비하는 마음을 느낄 수 있었습니다.

이들과 달리 '몰라서 그랬다'는 말도 부끄러운데 그 말에 책임을 지지 않는 사람들이 있어 걱정스럽습니다. 햄스터는 합사하면 안 된다는 것을 몰라서 새끼들이 태어났다면 여러분은 어떻게 할 건가요? 공원에 풀어줘서 나에게 닥친 어려움이 없어지면 되는 걸까요?

〈돌아온 우리의 친구〉에서 도아는 오래된 PP 위니를 네오애니멀센터에 '반납'하고 위니가 이후 어떻게 되는지 관심도 책임감도 가지지 않았습니다. 위니가 목숨을 걸고 탈출해서 도아에게 돌아온 것은 반려동물의 특성이기도 하지만 주인을 지키도록 인간이 유전자를 조작했기 때문입니다.

그러나 인간은 PP에 대해 책임을 지지 않습니다. 네오애니멀센터는 위니에게 마취총을 쏘고 포획 그물을 던지는 것으로 책임을 다했다고 생각합니다. 이뿐만이 아닙니다. 유전자 변형의 부작용으로 PP의 털이 빠지면 털이 빠지지 않는 신제품을 만들고, 본능이 살아나면 다시 약물을 주입하는 방법으로 문제를 해결하려 합니다. 위니가 도아 아빠를 공격한 것에 대해서도 '약간의 오류', '일종의 부작용', '송수신 장치 이상'이라는 말만 할 뿐입니다.

　이미 사람들은 동물을 더 특별한 상품으로 만들기 위해 과학 기술을 적용하고 있습니다. 인간을 치료한다는 목적을 내세웠던 유전자 변형 동물은 점차 먹거리를 위한 연구로 이어졌고, 이제 사람들의 즐거움을 위한 상품으로 만들어지고 있습니다. 동물의 생명을 생각하지 않고 인간이 보고 만지는 '신기한' 동물을 만들고 있습니다. 싱가포르에서 만든 형광 물고기 글로피시는 미국의 마트에서 일반 물고기보다 다섯 배 이상 비싼 가격으로 팔리고 있습니다. 글로피시 동영상이 SNS 조회 수를 올리는 동안 생태계가 어떻게 교란되는지 아무도 관심을 가지지 않습니다.

　〈돌아온 우리의 친구〉에 나온 PP는 뛰어난 외모를 가졌고 주인이 원하는 성격에 맞게 만들어져 반려동물을 키우는 사람들에게 만족감을 줍니다. 다음에는 사자나 곰을 강아지처럼 작고 온순하게 만들어 집에서 키울 수 있도록 하거나 반려동물이 일주일에 한 번만 배설하게 만드는 방법을 연구할지도 모릅니다.

　연구자가 아닌 사람들은 만들어진 '결과'만 볼 수 있습니다. 복제양 돌리를 만들기 위해 몇 마리의 동물들이 실험실에서 죽었는지, 실험 과정에서 어떤 돌연변이 동물이 태어났는지 알 수 없습니다. 사랑하는 반려동물의 죽음으로 상실감을 겪는 사람들은 자신의 개를 복제해서 위로를 받는다고 합니다. 사람들은 6,000만 원이 넘는 복제 서비스 가격에는 관심을 갖지만 복제견

한 마리를 만들어내기 위해 최소 열 마리 이상의 대리견이 숱한 유산과 학대를 받는 것은 생각하지 않습니다. 인간은 동물을 마음대로 해도 된다는 인간 중심주의는 '동물 + 과학 = 이익'이라는 공식만 만들고 생명 기술에 대한 윤리적인 책임에 대해서는 아무 말도 하지 않고 있습니다.

우리 사회에서 '애완동물'이라는 말이 '반려동물'이라는 용어로 바뀐 것은 함께 살아가는 동물에 대한 인식이 높아졌다는 것을 보여줍니다. 그러나 정말 사람들이 동물과 '반려'하고 있는지는 의문입니다. 나를 반기며 꼬리를 흔들고 품에 안고 쓰다듬을 수 있는 귀엽고 신기한 동물이 주는 즐거움만 떠올리지 말고 그 외에 어떤 어려움이 있을지 생각하고 준비해야 합니다. 부모가 되려는 사람들은 귀여운 아기 웃음만 기대하지 않습니다. 아기가 잘 자지 않고 우유를 토하기도 한다는 것, 병이 나면 밤새 간호해야 하고 사교육비도 만만치 않다는 것을 예상합니다.

휴가를 즐기기 위해, 병들고 늙었다는 이유로 반려동물을 버리고는 '어쩔 수 없었다'라고 말하는 것은 반려동물을 여전히 '애완'의 의미로 생각하고 있기 때문입니다. 반려라는 말을 쓸때는 인간의 인식과 태도가 선행되어야 합니다. 그래야 햄스터는 교감하는 동물이 아니라는 것을 키우기 전에 공부하며 알게되고, 고양이와 개의 유전자를 조합해달라고 하는 것이 옳은지고민하게 될 것입니다. 반려동물과 함께 살려면 자신을 희생해야 한다는 것을 분명히 인식하고 있어야 합니다. 그래야 반려동물의 무고한 희생을 막을 수 있습니다.

그렇다면 동물을 괴롭히지 않고 반려동물을 기르지 않는 사람들은 동물에 대한 책임에서 자유로울까요? 길고양이 먹이로 인한 이웃 간의 갈등, 유기 동물 보호소와 반려동물 공원 출입에 대한 정책 결정 등 함께 사는 세상에서 동물 문제는 모두 함께 해결해야 합니다.

이제까지 우리가 알려고 하지도 않았고 알면서도 모른 척했던 일이 많습니다. 언제부턴가 동물이 '산업'이 되어 큰 고민 없이 동물을 소비하며 살고 있는 것, SNS에 반려동물을 '자랑'하는 것이 흔해진 상황은 함께 구경하며 지나친 사람들의 영향도 없지 않아 있습니다.

가족들과 산천어 축제에 다녀오고 동물 염색을 한 사진에 '좋아요'를 누르는 '허가된 일상'이 얼마나 큰 폭력이 되는지 동물 입장에서 생각해보면 어떨까요? 내가 동물이라면 동물 체험전에서 나에게 다가오는 수많은 낯선 손이 두려울 것이고, 카메라 앞에서 먹방을 하기 싫을 겁니다.

사람들은 자신의 반려동물을 사랑할 때 고통받지 않게 하려고 노력합니다. 그 사랑의 넓이와 깊이가 '내 반려동물'을 넘어서 '강아지 공장'에서 고통받는 개에게로 향한다면 세상은 어떻게 달라질까요?

동물에 대한 관심과 사랑이 없어도 동물을 존중할 수 있어야 합니다. 인간의 의식주와 개발로 고통받고 사라지는 가축과 야생 동물도 함께 공존하는 존재라는 것을 기억하고 행동해야 합니다. 동물을 사랑한다면 동물이 가진 본래의 습성에 맞는 환경을 조성해주고, 동물을 사랑하지 않더라도 인간이 독점했던 자연을 동물과 나눌 때 자연과 인간, 동물의 생명이 이어진다는 것은 코로나19 사태가 알려준 뼈아픈 깨달음입니다.

# 사고를 확장하는 토론 논술 활동

## 자유 논제 토론

● 인류는 의식주를 해결하기 위해 다양한 방식으로 동물을 이용해 왔습니다. 최근 환경에 대한 각성으로 가죽, 모피, 울과 같은 동물성 소재 대신 버섯이나 선인장 등 식물 성분을 원료로 하는 '비건 패션'이 성장하고 있습니다. 비건 패션처럼 우리 생활에서 동물 이용을 줄일 수 있는 방법을 찾아봅시다.

●● 《무민은 채식주의자》 중 〈검은 개의 희미함〉에는 동물 구조협회에서 일하는 활동가와 지인 R이 나누는 대화가 나옵니다. R은 주인공에게 "사람도 짐승처럼 사는 마당에 인간을 그렇게 소중히 여겨보라"는 말을 비난조로 내뱉고, 주인공은 "개들은 다른 개들을 구해줄 수 없다"고 힘없이 말합니다. '동물보다 인간을 도우라'는 R의 의견에 대해 어떻게 생각하나요?

## 선택 논제 토론

● 《무민은 채식주의자》 중 〈7교시〉의 배경이 되는 시대는 '환경주의와 생명권'에 대해 전 지구적인 합의가 이루어진 시기로 육식은 배양 단백질로 대체합니다. 여러분은 미래에 육식 문화가 어떻게 될 것이라고 생각

하나요? 동물권과 환경, 과잉 소비 체제 등 다양한 관점에서 앞으로의 육식 섭취에 대해 예상해봅시다.

●● 강원도 평창군이 반려동물 관광테마파크를 설립하는 사업에 반려동물 번식·사육 시설(브리딩센터)을 포함시켜 논란이 되고 있습니다. 테마파크 사업체는 좋은 품종견을 청결한 환경에서 생산·보급할 수 있다고 발표했지만 동물복지문제연구소는 유기견 문제가 심각한 상황에서 부적절한 시설이라고 지적했습니다. 지역 경제와 동물 복지 측면을 고려하여 브리딩센터 건립에 동의하는지 입장을 정해 토론해봅시다.

> 동의한다.      동의하지 않는다.

## 논술

● 과학자들은 유전자 변형을 통해 동물들을 다양한 목적으로 이용하기 위한 연구를 하고 있습니다. 다음과 같은 영역에서 연구를 하는 것을 어떻게 생각하는지 논술해봅시다.

> A. GM 연어 등 식량 생산을 늘리는 것
> B. 돼지에 대한 유전자 조작으로 인간 장기를 얻는 것
> C. 매머드와 같은 멸종 동물을 복원하는 것

# 미래 사회를 상상하다

개인의 앞날을 넘어 인류의 미래를 궁금해하는 사람들은 영화나 과학 소설 등으로 미래를 예측해왔습니다. 19세기 말에 그려놓은 미래의 모습은 무척 흥미롭습니다. 사람들이 휴대용 안테나로 각자 방송을 듣거나 통화하고 있는데 그 모습은 휴대 전화를 사용하고 있는 지금과 다르지 않습니다. 치렁치렁한 드레스를 입은 여성이 공중 택시를 타고 있는 그림을 보면 드론 택시 상용화로 떠들썩했던 신문 기사가 떠오릅니다. 기둥 위에 달린 공중 집이 360도 회전하는 상상은 또 어떤가요? 두바이에 있는 회전식 주택은 이 그림에서 영감을 받았는지도 모릅니다.

지금 우리가 누리는 것들이 예전부터 해왔던 상상과 비슷하고 그 상상이 점차 실현되고 있다는 사실이 놀랍습니다. 쥘 베른의 《해저 2만 리》에 나온 잠수함, 《멋진 신세계》에 나온 복제 기술이 실제로 이루어지는 것을 보면 인간의 상상이 과학 기술보다 먼저인 것 같습니다.

앞서 언급한 그림은 19세기 사람들이 꿈꾸던 과학 기술이 가져올 장밋빛 미래입니다. 지금 우리가 미래를 상상할 때 가장 큰 변화도 과학과 연결되어 있습니다. 인공 지능 로봇이 사람이 할 일을 대신해주고 의료 기술이 발달해서 불치병을 퇴치하는 세상, 우주를 여행하는 미래를 상상합니다.

그런데 19세기보다 훨씬 더 과학 기술이 발전했고 그 편리를 누리고 있는 지금, 왜 영화나 문학 작품 속 미래의 모습은 유토피아가 아니라 디스토피아인 경우가 많을까요? 미래를 살아갈 청소년들은 그들이 살아갈 사회를 어떻게 예상하고 있을까요?

요즘 청소년들은 인공 지능, 가상 현실, 우주 개척, 유전자 조작과 같은 신기술에 대해 낯설어하지 않습니다. 과학 소설에서 보여주는 미래의 모습을 '공상'이 아니라 '언제'의 문제라고 생각합니다. 청소년들은 머지않아 과학 기술과 관련된 새로운 규칙과 기준을 정하고 다양한 선택을 해야 하는 순간을 만날 것입니다. 이들이 과학 소설을 읽으며 현재 모습을 돌아보고 미래를 위해 무엇을 준비해야 할지 생각해보면 좋겠습니다.

## 차별이 없는 유토피아를 떠나는 사람들 이야기

지구 대멸망이 아니라면 미래 사회는 지금보다 과학이 발달할 것이라고 예상하는 사람이 많습니다. 그러나 2180년이 지났지만 데이지가 사는 마을은 오두막에 꽃 장식을 하고 전자책의 존재를 모르는 곳입니다. 데이지는 자신이 사는 세상이 책 속 세상과 달리 왜 늘 평온한지, 열여덟 살이 되어 지구라는 시초지로 떠난 순례자들 중 돌아오지 않는 사람들은 어떻게 되었는지 의문을 가집니다.

궁금증을 해결하기 위해 금서 구역에 들어간 데이지는 마을 설립자인 '올리브'가 남긴 기록을 봅니다. 올리브는 어머니 릴리가 자신을 위해 이 도시를 만든 이유를 알기 위해 릴리가 살았던 시초지 지구로 떠났습니다. 올리브가 도착한 도시 이타사는 엄격한 분리주의가 시행되는 곳으로 아름답고 화려한 중심부에는 '신인류'라고 불리는 사람들이 매일 밤 파티를 열지만 도시 외곽에는 도시를 위해 허드렛일을 하는 '비개조인'들이 살고 있습니다.

《우리가 빛의 속도로 갈 수 없다면》
중〈순례자들은 왜 돌아오지 않는가〉
김초엽 지음

올리브의 얼굴에 있는 얼룩을 본 노인은 '생태 시술'을 하지 않고 태어난 비개조인이라며 동정하지만 올리브는 노인이 자기를 보며 왜 안타까워하는지 이해하지 못합니다. 그 답을 안 것은 술집 바텐더 델피가 들려준 릴리 이야기를 통해서였습니다.

릴리는 과학자로서의 뛰어난 자질을 가졌지만 유전병으로 생긴 얼굴의 얼룩 때문에 고통을 받았고, 더 이상 흉측한 외모 때문에 고통받는 사람이 없도록 인간 배아를 디자인해 아름답고 유능하며 질병이 없는 '신인류'를 만들어내는 불법 해커가 되었습니다.

릴리가 그 일을 시작한 지 5년 만에 미국 전역에서는 인간 배아 시술이 유행하기 시작했습니다. 실패한 시술로 태어난 기형아 중에는 델피도 있습니다. 결국 지구가 개조인인 신인류와 유전자 배아 기술을 적용하지 않은 비개조인으로 나뉜 것은 릴리 때문이었습니다. 릴리는 자신의 아이 올리브가 유전 결함을 가진 것을 발견하고 서로를 밟고 차별하지 않는 '마을'을 지구 바깥에 만듭니다.

올리브는 자신이 살던 차별받지 않는 마을로 돌아왔지만 10년이 지난 후 릴리로 인해 악몽이 된 지구로 다시 돌아갑니다. 그리고 그곳에서 델피와 함께 분리주의에 저항하다 생을 마칩니다.

올리브의 기록을 읽은 데이지는 자신이 떠나는 이유를 편지로 적어 친구 소피에게 남깁니다. 편지에는 같은 자궁에서 태어나 형제처럼 자란 마을 사람들은 서로 사랑에 빠지지 않지만 시초지 지구로 간 순례자 중 일부는 지구에 있는 존재를 사랑하게 되었기 때문에 마을로 다시 돌아오지 않는 것이며, 그들은 자신이 사랑하는 사람과 함께 완전한 행복을 이루기 위해서는 그 세계를 바꿔야 한다는 사실을 알고, 이를 위해 지구에 남았을 거라는 내용이 담겨있습니다.

지구에 남은 릴리와 올리브의 후손이 세계를 바꾸기 위해 무엇을 하고 있는지 보기 위해 데이지도 지구로 떠납니다. 그동안 순례자들은 지구를 조금이라도 바꿔놓았을까요? 지구는 점점 차별과 배제가 없어지고 있는 곳일까요?

## 풍요로운 유토피아, 사랑이 없는 디스토피아 이야기

열여덟 살 지니는 옆 나라 '렌막'에 가는 것이 꿈입니다. 렌막은 주변 다섯 나라에서 영역별로 기술 복무원을 조달받아 사는 풍족한 나라입니다. 가난과 폭력이 난무하는 국가 '다압'에서 술주정뱅이 미혼모의 딸로 사는 것에 지친 지니가 다압에 가려면 1년에 한 번뿐인 기술 자격 시험에 붙어야 합니다. 사랑을 약속한 남자 친구 투는 1년 전 시험에 통과해 먼저 렌막에 갔지만 시험에 떨어진 지니는 위험을 무릅쓰고 밀입국을 합니다.

지니는 밀입국하면서 빚진 돈을 갚기 위해 '클럽 캥거루'에서 일하고 있습니다. 그곳은 아기를 가질 수 없는 무자격 남성들이 비싼 술값을 내고 클럽에 있는 '아기 돌보기' 체험을 해보는 곳입니다. 지니 담당인 다미 아빠는 아무리 열심히 일해도 출산 자격 심사에서 늘 떨어지는 사실과 먹고 자는 건 국가에서 주지만 정말 사랑하는 것을 가질 수 없다는 사실에 절망합니다.

《해방자들》김남중 지음

렌막에서는 부모 후보자의 유전자 검사와 의료 기록, 전과 조회는 물론 학력, 수입, 자산까지 살펴보는 출산 자격 검증을 통과해야 아기를 낳을 수 있기 때문에 다미 아빠는 아이를 가질 수 없습니다. 지니는 꿈의 도시로 알았던 렌막에서 사랑과 출산이 통제되는 것을 보고 놀랍니다.

정부는 렌막 시민들에게 '복합 예방 접종'이라는 거짓말로 성욕과 생식 기능을 감퇴시키는 주사를 매년 의무적으로 맞게 합니다. 주삿바늘이 무서워 몰래 예방 주사를 맞지 않은 소우는 어릴 때부터 친구였던 킴에게 성욕을 느끼고, 그런 자신의 신체 변화에 혼란을 느끼고 죄책감에 사로잡힙니다. 킴에게 키스하는 것을 다른 아이에게 들켜 협박을 받은 소우는 자신이 비정상이고 국가 검진을 하지 않아서 요양소로 가야 한다는 사실을 두려워합니다.

소우가 어떤 문제로 힘들어하는지 모르는 부모님은 양육 안내서에 있는 대로 지켜보기만 할 뿐입니다. 렌막 시민 중에는 부모 역할을 하는 사람이 많지 않아 주변에서 도움을 받을 수 없고 국가가 정한 양육 안내서에 있는 매뉴얼을 따르는 것이 가장 일반적이기 때문입니다.

소우의 어려움을 알아챈 사람은 지니의 밀입국을 도운 브로커인 진다이입니다. 진다이는 불법 영업을 하던 클럽 캥거루가 적발되자 렌막을 떠나 스파다인으로 갑니다. 그는 은퇴한 기술 이주민들의 거주지인 스파다인으로 도주하면서도 당당합니다. 사람이든 기계든 배출구가 없으면 폭발하게 되어 있다며 자기 사업을 정당화하고, 이렇게 도망가는 것은 정부가 뭔가 큰 건을 덮고 싶을 때 한 번씩 생기는 일이라며 정부와의 '공생'을 자랑합니다.

소우는 스파다인에서 비밀 조직 '피닉스'의 책임자 추이를 만나 서로의 고민을 나눕니다. 피닉스는 감정의 자유, 육체의 해방을 지향하며 소우처럼 육체적 변화로 고민하는 사람이나 불법 이성 관계인 남녀를 자치 구역의 안전지대로 인도하는 단체입니다. 추이는 성욕은 스스로 통제해야 하는 에너지이지 제거해야 하는 암 덩어리가 아니라는 말로 소우를 격려해주고, 자신은 렌막 정부가 인력 비용 절감을 위해 비밀리에 실험했던 '조립 인간'이라는 사실을 밝힙니다.

풍요로운 렌막에 가려진 어둠을 알게 된 사람들은 정부에 저항하고, 그것을 막으려는 정부 치안군의 제압이 시작되자 지니와 소우 그리고 뒤늦게 예방 주사의 목적을 안 킴은 피닉스들과 함께 정부에 대항합니다. 이들은 스스로 사랑을 선택하는 세상을 만들기 위해 통제를 벗어나 해방자가 됩니다.

# 저마다 다른 유토피아

〈순례자들은 왜 돌아오지 않는가〉에서 릴리가 초래한 엄격한 분리주의 도시 이타사와 데이지가 사는 지구 밖 마을, 《해방자들》에 나온 부유한 국가 렌막은 사람들이 이상향을 목표로 만든 사회입니다. 릴리는 차별과 혐오가 없는 유토피아를 만들고자 했고, 렌막은 주변국들이 부러워하는 풍족한 나라였습니다. 그런데 두 작품에 나온 사회의 모습을 유토피아라고 규정한 것은 누구인가요?

릴리는 자신이 받았던 상처가 없는 곳을 유토피아로 생각했습니다. 그녀는 뛰어난 과학자였지만 외모 때문에 생애 초반기에 어느 누구와도 제대로 된 관계를 맺지 못했습니다. 만약 그녀가 혼자 연구에 몰두하지 않고 친구나 동료들과 '행복한 세상'

에 대해 이야기했다면 그녀는 신인류를 만들었을까요?

한 개인의 잘못된 생각과 과학 기술이 만나면 그 파급 효과는 상상을 초월합니다. 결국 시초지 지구는 차별과 배제가 일상화되었고, 결함을 가진 사람들만 모여 사는 마을도 모두에게 이상향이 아니었습니다. 지구에 있는 불행을 배제시킨 마을의 사람들은 자기들이 사는 곳의 평안과 행복의 근원을 끊임없이 궁금해했고, 순례자가 되어 지구에서 일어나는 일을 경험한 후 그답을 찾고자 지구에서 돌아오지 않았습니다.

《해방자들》에 그려진 유토피아는 다압의 비참한 현실과 대비되는 렌막이라는 나라입니다. 다압에 사는 사람들이 이주를 희망하는 나라 렌막은 국가에서 의식주를 해결해주고 힘든 일은 이웃 나라에서 온 기능 복무원들이 해결합니다. 현재 우리나라 상황과 비교해보면 저들에게 무슨 걱정이 있을까 싶습니다. 렌막은 비싼 주거비와 부족한 일자리 문제도 없고 책임 없는 부모에 의한 아동 학대도 없는 곳입니다. 복합 예방 주사로 성욕이 사라지니 성폭행 같은 범죄도 일어나지 않고 남녀가 감정이 아닌 이성으로 편안하게 대합니다.

그러나 모두 그렇게 생각하는 것은 아닙니다. 스파다인에서 만난 대반 할아버지와 술미 할머니는 이제까지의 오랜 삶보다 서로 사랑한 후 얻은 행복이 훨씬 더 소중하다고 말합니다. 더구나 렌막처럼 국가 시스템이 계획적으로 빈틈없이 작동하려면 국가는 개인에 대한 정보를 장악하고 개개인의 행동을 통제

해야 합니다.

사람들이 바라는 이상 사회는 저마다 다릅니다. 건강하게 오래 사는 것을 최고의 행복이라고 생각하는 사람도 있고, 반대로 건강하게 오래 사는 것이 다른 문제를 일으켜 결국 삶의 질을 떨어뜨릴 것이라고 우려하는 사람도 있습니다.

미래 사회가 풍요와 안락함이 있어도 인류가 중요하게 여기는 사랑, 우정 등의 가치가 사라져 인간다움이 없는 세상이 된다면 그 사회에서 살고 싶은 사람은 없을 것입니다. 〈순례자들은 왜 돌아오지 않는가〉와 《해방자들》은 누군가에게는 유토피아이지만 어떤 사람에게는 그렇지 않은 사회의 모습을 시초지와 마을 그리고 렌막을 통해 보여주며 우리 미래가 될 수 있다고 경고합니다.

## 계획된 행복만 있는 계층 사회

〈순례자들은 왜 돌아오지 않는가〉에서 이타사 외곽에 사는 사람들은 누구 하나 행복해 보이지 않습니다. 이곳은 폭력 사건이 일어났을 때 경찰을 불러도 오지 않는 지역이고, 사람들은 로봇보다 더 싼 임금을 받으며 살아갑니다.

그렇다면 이타사 중심부에 사는 사람들은 과연 행복할까 생각해봅니다. 완벽한 유전자를 가지고 태어났지만 주위를 둘러

보면 모두 완벽한 사람들뿐입니다. 비개조인들이 일하는 것을 당연하게 생각하고 분리주의를 고수하는 중심부 사람들에게 배려, 존중, 소통과 같은 인간다움은 찾아볼 수 없습니다.

역사는 진보하며 노예 제도는 사라졌고 여성과 어린이를 비롯한 소수자들의 인권을 보장하기 위해 인류는 노력해왔습니다. 그러나 시초지 지구는 다양한 사람들이 갈등을 극복하며 어울려 살아가는 곳이 아니라 인간을 계층화시켜 우수한 유전자를 보유한 사람들이 다른 사람들의 희생을 기반으로 살아가는 곳입니다. 중심부에 사는 사람들이 늙고 병들었을 때는 도움을 청할 곳이 있을까요? 늙지 않고 병들지 않게 하는 기술에 매달리기보다 인간은 서로 약해진 부분을 채워주는 방식으로 발전해왔다는 인류의 지혜를 깨닫는 것이 필요하지 않을까요?

이들과 달리 지구 밖 마을에 사는 사람들은 타인의 결함을 있는 그대로 인정하고 어떠한 차별과 배제도 하지 않기에 혐오와 배제로 인한 괴로움은 당하지 않습니다. 그러나 그들은 불행이 없으니 행복이 무엇인지 잘 모릅니다.

사람은 '적응의 동물'이라고 합니다. 그래서 계속되는 행복에는 무감각해지기 쉽고 자신에게 닥친 불행이 없어져야 비로소 행복하다고 느낍니다. 불행을 없애기 위해 노력하고 협력하는 과정에서 성취감과 만족감을 얻고, 자신에 대한 자긍심과 다른 사람에 대한 고마움을 느낄 수 있습니다.

지구 밖 마을 사람들은 릴리가 예상하고 정해놓은 만큼의 행복만을 느끼며 살아갑니다. 그들은 남녀 간의 사랑, 부모와 자식 사이의 사랑이 얼마나 큰 행복을 주는지 알지 못합니다.

〈순례자들은 왜 돌아오지 않는가〉에서 릴리의 욕망에 의해 만들어진 사회가 디스토피아가 되었다면 《해방자들》에 나오는 렌막의 사회 시스템은 누구의 책임일까요?

렌막은 부유한 나라이지만 그 안에는 여러 계층이 있고 자녀 출산과 양육은 국가의 허락으로 결정됩니다. 결국 사랑과 출산을 자발적으로 선택할 수 없는 렌막에서는 '가족과 아기'라는 또 다른 욕구가 생기고 이런 욕구를 이용해서 불법으로 돈을 버는 사람, 밀입국 소녀를 이용한 강제 출산이 일어납니다. 렌막에서 성 욕구로 죄의식을 느끼는 사람들, 아기와 두어 시간을 지내기 위해 엄청난 대가를 지불하는 남자들도 계획되고 통제되는 사회의 희생양일 뿐입니다.

지니를 사랑했던 남자 친구 투는 렌막 사회에 맞게 '좋은 친구처럼' 살며 사회가 주는 풍요를 누리자고 지니를 설득하지만 그녀는 거절합니다. 더 좋은 사회로 왔다고 생각했는데 배고파도 사랑할 수 있었던 다압에서의 생활이 배부르지만 렌막 시민들을 위한 기능공으로 살아가는 것으로 바뀌었을 뿐입니다.

스파다인에서 사랑을 찾은 대반 할아버지는 렌막 사회가 놓친 것이 있다고 말합니다. 렌막은 불필요한 성욕을 제거했다고 생각하지만 사실은 꼭 필요한 사랑까지 국가에 내줘버렸다는 것입니다. 국가가 이상적인 사회라고 생각하고 사회 시스템을 강요할 때 인간의 기본 욕구는 처참하게 무너질 수 있습니다.

## 함께 상상하고 만들어가는 미래 사회

미래 사회가 어떤 모습일지 상상하는 것보다 우선되어야 할 것은 '우리는 어떤 미래 사회를 원하는가'입니다. 우수한 유전자를 가진 인류는 더 행복할까? 성 욕구를 억압하지 않고 자율적으로 통제하는 방법은 무엇일까? 지금 우리 사회에서 없애야 할 고통과 불행은 어떤 것일까? 끊임없이 질문하고 함께 답을 찾아야 합니다. 정답이 분명하지 않아도 괜찮습니다. 함께 찾는 과정에서 느끼는 것을 조금씩 실천하면 되니까요.

또 어떤 문제는 명쾌한 답이 없지만 우리 시각과 기준을 바꾸면서 해결할 수도 있습니다. 올리브는 몸에 있는 얼룩이 개인의 특성이라고 했습니다. 지금 우리 사회에서 백색증을 앓고 있는 사람들은 '얼룩말'이라고 놀림 받지만 흰 사슴과 백호처럼 몸빛이 하얀 돌연변이 동물은 길조로 여깁니다. 이런 기준은 누가 정한 것인지 생각해봐야겠습니다.

홍성욱의 《크로스 사이언스》에서는 유토피아를 두 종류로 구분합니다. 현실이 너무 가혹해서 숨고 싶은 '도피 유토피아'와 생활 조건을 변화시키려는 노력으로 나타나는 '재건 유토피아' 입니다. 후자는 물리적 환경뿐 아니라 새로운 습관과 가치관을 개선시키려는 꾸준한 노력을 의미하는 것으로 지금도 세계 곳곳에서 시도되고 있습니다. 브라질의 꾸리찌바라는 도시는 공업화 이후 오염된 환경을 친환경적 도시 계획과 실천으로 극복했고, 스페인의 쇠퇴한 공업 도시 빌바오[30]는 미술관을 유치하여 관광 도시로 거듭났습니다. 마을 사람들이 함께 돌봄을 책임지는 마을, 에너지 자립 마을 등 사람들은 다양한 방법을 연구하며 더 좋은 곳을 만들고자 노력합니다.

이처럼 유토피아는 우리가 살고 싶은 사회를 함께 꿈꾸고 계획하고 실천하는 과정에서 조금씩 이루어집니다. 도시 전체를 마법처럼 한순간에 변화시킬 수는 없지만 벽돌을 쌓듯 차근차근 시민들의 지혜와 땀방울로 누구나 살고 싶은 사회를 만들 수 있습니다. 미래 사회가 과학을 통해 지금보다 물질적으로 더 풍요롭고 안락하게 만들어진다 해도 사람들이 살고 싶은 사회는 물질이 채우지 못하는 부분을 함께 채우는 과정에서 이루어질 것입니다.

'우리는 어떤 미래 사회를 원하는가'라는 질문에 대한 답은 '우리가 원하는 행복한 삶이란 무엇인가'를 먼저 생각한 후에 찾아야 할 것입니다. 기계는 생각하지 않습니다. 생각하는 인공 지능이 개발되더라도 판단 근거로 삼는 것은 인간이 입력하는 데이터입니다.

또 과학자는 '과학'만 보기 쉽습니다. 실험 결과를 위해 연구에만 몰두하고 과학이 적용되었을 때 생길 수 있는 문제에 대한 생각은 과학자와 대중이 다를 수 있습니다. 물론 대중은 전문적인 지식이 부족하기 때문에 과학 기술을 현실에 적용하는 문제에 대해 생각하기보다 멋진 결과에만 열광하기 쉽습니다. 그러나 '줄기 세포 조작'과 같은 황망함을 다시 겪지 않으려면 과학 윤리 교육과 과학에 대한 책임을 당당하게 요구해야 합니다.

과학에 대한 관심은 미래 사회를 그려놓은 과학 소설을 읽는 것에서 시작될 수도 있습니다. 함께 책을 읽으며 내일을 위해 준비해야 할 것은 무엇인지, 현재 우리 사회에서 개선할 부분은 어떤 것이 있는지 이야기하는 것만으로도 미래에 대한 두려움을 기대로 바꿀 수 있을 겁니다.

## 사고를 확장하는 토론 논술 활동

### 자유 논제 토론

● 〈순례자들은 왜 돌아오지 않는가〉에 나오는 마을 사람들은 열여덟 살이 되면 순례자가 되어 시초지인 지구로 1년 동안 순례를 다녀오는 성년식을 매년 치릅니다. 그러나 마을로 돌아오는 이들은 절반도 되지 않습니다. 마을에서는 왜 순례자들이 지구에 남을건지 아니면 마을로 다시 돌아갈지 '선택'을 하게 할까요? 여러분이 마을에 사는 어른이라면 시초지 지구와 마을 사이의 관계를 계속 이어나가고 싶은지 이야기해봅시다.

●● 렌막은 복합 예방 접종을 통해 성욕과 사랑을 통제했습니다. 렌막이 이러한 정책을 시행하는 이유에 대해 다양한 측면에서 생각해봅시다.

### 선택 논제 토론

● 미래 사회를 그린 과학 소설에는 국가에서 출산을 통제하는 모습이 자주 나옵니다. 중국은 1978년부터 산아 제한을 위해 '한 가정 한 아이' 정책을 시행했고, 우리나라에서도 1960년대에 출산 억제 정책을 펼쳤습니다. 현재는 인구가 줄어들면서 여러 나라에서 출산 장려 정책을 펼치고 있습니다. 이처럼 개인의 출산 문제에 국가가 개입하는 것에 동의하는지 근거를 들어 토론해봅시다.

국가가 출산에 개입하는 것에 동의한다.

국가가 출산에 개입하는 것에 동의하지 않는다.

●● 릴리는 자신의 세포로 만든 클론 배아가 그녀와 똑같은 유전 결함을 가진 것을 알고 폐기해야 할지 고민했습니다. 여러분이 릴리였다면 어떤 결정을 할지 토론해봅시다.

배아를 폐기한다.

배아를 폐기하지 않는다.

## 논술

● 〈순례자들은 왜 돌아오지 않는가〉에서 마을로 다시 돌아오지 않은 순례자들은 시초지의 모습을 바꾸기 위해 지구에 남았습니다. 지금 지구에서 순례자들이 바꾸고 싶은 것은 무엇일까요? 지구의 문제를 바꾸기 위해 우리가 할 수 있는 일은 무엇인지 논술해봅시다.

# 세상을 마주하는 청소년 문학 추천 도서

## 2부  가족, 사랑의 의미를 묻다

### 분명한 거짓, '사랑'의 매

《행운이 너에게 다가오는 중》 이꽃님, 문학동네
《7년의 밤》 정유정, 은행나무
《당신 옆을 스쳐간 그 소녀의 이름은》 최진영, 한겨레출판

### 형제자매의 별칭, 적과 동지

《토요일, 그리다》 이나영, 낮은산
《내일 말할 진실》 정은숙, 창비
《우리는 가족일까》 유니게, 푸른책들

### 비법 탐구! 슬기로운 부모 생활

《가족입니까》 김해원, 임어진, 임태희, 바람의아이들
《변신》 프란츠 카프카, 문학동네
《보통의 노을》 이희영, 자음과모음

### 순도 99.9퍼센트, 조부모 사랑

《황혼》 박완서, 휴이넘
《불량 가족 레시피》 손현주, 문학동네
《나의 할머니에게》 윤성희, 백수린, 강화길, 손보미, 최은미, 손원평, 다산책방


## 3부  우리, 함께 세상을 바라보다

### 삶의 중심 변두리

《원미동 사람들》 양귀자, 쓰다
《양철 지붕 위에 사는 새》 김한수, 문학동네
《그대 기차 타는 등뒤에 남아》 김한수, 문학동네
《부자의 그림일기》 오세영, 글논그림밭

《난장이가 쏘아올린 작은 공》 조세희, 이성과힘

**부려먹기 쉬운 존재, 청소년 알바**
《까대기》 이종철, 보리
《문밖의 사람들》 김성희 김수박, 보리
《땀 흘리는 소설》 김혜진 외, 창비교육
《열여덟, 일터로 나가다》 허환주, 후마니타스
《의자놀이》 공지영, 휴머니스트

**잊지 않고 기억해야 하는 이유**
《1995년 서울, 삼풍》 메모리[시]서울프로젝트 기억수집가, 동아시아
《그날이 우리의 창을 두드렸다》 4.16세월호참사 작가기록단, 창비
《지구 행성에서 너와 내가》 김민경, 사계절

**하나가 되기 위한 노력**
《베를린 장벽이 무너진 날》 아델 타리엘, 한울림어린이
《선생님 통일이 뭐예요?》 정경호, 살림터
《류명성 통일빵집》 박경희, 뜨인돌
《잎갈나무 숲에서 봄이를 만났다》 박정애, 웅진주니어
《리수려, 평양에서 온 패션 디자이너》 박경희, 단비
《환상 너머의 통일》 이대희, 이재호, 숨쉬는책공장


4부    과학, 인간에게 질문하다

**로봇만 성장한다면**
《마지막 히치하이커》 문이소, 남지원 민경하, 사계절
《로봇의 별》 이현, 푸른숲주니어
《로봇 중독》 김소연, 정명섭, 임어진, 별숲
《한 스푼의 시간》 구병모, 위즈덤하우스

《언맨드》채기성, 나무옆의자

## 아름다우면 행복한가요?
《우주의 집》 중 〈실험도시 17〉 남유하, 사계절
《푸른 머리카락》 중 〈두근두근 딜레마〉 최상아, 사계절
《플라스틱 빔보》 신현수, 자음과모음
《당신 인생의 이야기》 중 〈외모 지상주의에 관한 소고 : 다큐멘터리〉 테드 창, 엘리

## 동물을 사랑한다면, 사랑하지 않아도
《개를 보내다》 표명희, 창비
《중3 조은비》 양호문, 특별한서재
《나는 반려동물과 산다》 이선이 외, 다산에듀
《동물들의 인간 심판》 호세 안토니오 하우레기, 에두아르도 하우레기, 책공장더불어

## 미래 사회를 상상하다
《방주로 오세요》 구병모, 문학과지성사
《너의 세계》 최양선, 창비
《밀레니얼 칠드런》 장은선, 비룡소
《SF의 힘》 고장원, 추수밭
《대재앙 이후의 세계와 생존자들》 고장원, BOOKK

# 출처

1  한국리서치 정기 조사(2020.12 24~28)

2  한겨레신문(2017.03.15)

3  중·고교생 청소년 6만 40명 대상 조사(2018), 교육부, 보건복지부, 질병관리본부

4  ZUM 학습백과

5  교육 비평(2020.11), 147~177쪽

6  초·중등 진로 교육 현황 조사(2020), 교육부, 한국직업능력개발원

7  2019년 2차 학교 폭력 실태 조사(2019), 교육부

8  "조부모는 가족 아니다…가족 개념 좁아졌다"(2011.01.24), MBC 뉴스데스크

9  게리 채프먼, 로스 캠벨(2002), 《자녀를 위한 5가지 사랑의 언어》, 18쪽

10  Griggs 등, 2010

11  Thromese & Liefbroer, 2013

12  제주의소리(http://www.jejusori.net)

13  아동인권보고대회에서 발표한 청소년 노동 인권 상황 실태 조사(2002), 국가인권위원회

14  이수정, 윤지영, 배경내, 림보, 김성호, 권혁태(2015), 《십대 밑바닥 노동》, 12쪽

15  "2020년 상반기 교통사고 사망자 통계…배달 오토바이 사고 증가", 시선 뉴스

16  이수정, 윤지영, 배경내, 림보, 김성호, 권혁태(2015), 《십대 밑바닥 노동》80쪽

17  메모리[人]서울프로젝트 기억수집가(2016), 《1995년 서울, 삼풍》중 〈남겨진 사람들 유가족의 기억〉, 198쪽

18  정주진(2019), 《10대와 통하는 통일 이야기》, 155쪽

19  이대희, 이재호(2019), 《환상 너머의 통일》, 202쪽

20  힐데와소피 편집부(2020), 《나는 통일을 ○○ 합니다》, 55~56쪽

21  연합뉴스(2020.12.29), "'살려줘~' 다급한 음성 인식… AI 스피커 80대 복통환자 구해"

22  고장원(2017), 《한국에서 과학 소설은 어떻게 살아남았는가?》

23  "세계의 교육: 로봇의 교육적 활용…프랑스, 미국, 영국, 호주 사례와 시사점", 〈교육 개발〉, 2016 SUMMER, Vol 43. No.2

24  로봇신문(2018.,03.28), "핀란드 초등학교, 로봇 교사 시범 도입"

25  한겨레신문(2016.05.31), "초등생 절반 '인공 지능 선생님 괜찮아요.'"

26  중앙일보(2019.12.07), "욕심 없는 'AI 정치인'이 낫다?…日 지방선거, 인공 지능 출마"

27  그린포스트코리아(2019.08.08) "LED 마스크 잘 나가네"…판매량 133% 성장, 세계 일보(2019.09.09) "LED 마스크로 안면·눈가 주름 관리?"…"효과 검증 안 돼"

28  경향신문(2016.02.19), "우리가 몰랐던 세계사-화장의 역사"

29  뉴시스(2018.02.01), "펫 산업, 대구 신성장동력으로 키우자."

30  전북도민일보(2017.12.11), "쇠퇴한 공업 도시에서 미술관 유치로 되살아난 스페인 빌바오"

# 십대, 문학으로 세상을 마주하다

초판 1쇄 발행 2022년 1월 30일
초판 2쇄 발행 2023년 11월 10일

지은이 김태리, 신윤정, 전지혜, 정은해

기획 · 편집 도은주, 류정화
마케팅 박관홍

펴낸이 윤주용
펴낸곳 초록비책공방

출판등록 2013년 4월 25일 제2013-000130
주소 서울시 마포구 월드컵북로 402 KGIT 센터 921A호
전화 0505-566-5522 팩스 02-6008-1777

메일 jooyongy@daum.net
인스타 @greenrainbooks
블로그 http://blog.naver.com/greenrainbooks
페이스북 http://www.facebook.com/greenrainbook

ISBN 979-11-91266-28-5(43800)

* 정가는 책 뒤표지에 있습니다.
* 파손된 책은 구입처에서 교환하실 수 있습니다.

이 도서는 한국출판문화산업진흥원의 '2021년 출판콘텐츠 창작 지원 사업'의
일환으로 국민체육진흥기금을 지원받아 제작되었습니다.